책 고르는 책

탐험하는
독서가를 위한
안내서

책

고르는

책

손민규 지음

포르체

15년 경력 MD가 알려 주는
책 고르는 법

대한민국 대표 서점 예스24에서 15년째 일하고 있는 손민규입니다. 어릴 때부터 책을 좋아했어요. 장래 희망은 중간에 자주 바뀌었지만 어렴풋이 책과 관련한 일을 좋겠다고 생각했죠. 온라인 서점 일등 예스24에 지원하고 최종 합격 통보를 받던 그날, 설레는 마음으로 여의도를 향했던 그날을 똑똑히 기억합니다. …라는 건 거짓말이고요. 책과 관련한 일이라는 게 엄청나게 대단하다거나 거창하진 않으니 뿌듯함이나 성취감보다는 아, 드디어 월급 받을 수 있겠구나, 하는 안도감이 몰려왔을 뿐입니다.

저는 여러 부서를 옮겨 다니며 책과 관련한 여러 일을 맡았습니다. 책 정보를 등록하고, 채널예스에서 콘텐츠를 제작하고, 블로그(현 사락) 서비스를 운영하고…. 현재는 도서팀에서 인문, 사회정치, 자연과학 분야를 맡고 있습니다. 한 권의 책이 서점에서 보이기까지 봄부터 소쩍새는 그렇게도 많이 울었나 보더라고요. 수많은 책을 접하면서 '나도 언젠간 책을 써봐야지.'라고 생각한 적이 없다면 거짓말이겠죠. 저 역시 그런 사람 중 한 명이어서 《밥보다 등산》이라는 등산 에세이를 집필했고, 공저로 참여한 《힙피플 나라는 세계》에도 저자로 이름을 올릴 수 있었습니다.

다만, 책 내준다고 해 준 출판사는 전혀 없었을 때도, 스스로에게 다짐한 약속이 있었습니다. 절대로 '책에 관한 책'을 쓰지 않겠다고요. 저는 이런 주제의 책은 시장성도 크지 않고, 우선 제가 잘 쓸 자신이 없다고 정중히 거절했습니다. 그런데 포르체 박영미 대표님께서 하신 말씀으로 저는 생각을 바꾸게 됩니다.

"사람들이 책을 안 읽는 게 한국 사람들이 바빠서, 시간이 없어서일 수도 있습니다. 그런데 한편으로는 책이 주는 즐거움을 아직 느껴보지 못해서, 막상 읽으려고 했을 때 어떤 책을 선택해야 할지 몰라서이기도 하거든요."

저는 박영미 대표님의 이 말씀이 대한민국 독서 인구가 지속적으로 준다는 통계와 서울 국제도서전의 흥행이라는 상반되는 현상을 설명해 주는 분석이라고 생각했습니다. 사람들은 여전히 책을 읽고 싶어 하는 욕구를 가지고 있습니다. 다만 그 즐거움을 느낄 기회가 예전보다 사라졌죠. 그러다 보니 점점 더 독서 인구가 줄어 드는 악순환이 반복됩니다.

"왜 책에서 오는 즐거움을 누릴 기회가 없어졌을까요?"

우선 동네마다 있던 서점이 사라졌습니다. 동네 서점이 문을 닫은 배경으로 온라인 서점의 할인 경쟁을 꼽는데, 완전도서정가제를 유지해 동네 서점과 온라인 서점의 가격이 동일한 프랑스 상황도 우리와 크게 다른 것 같진 않습니다. 동네 서점의 가장 큰 경쟁자는 어쩌면 하늘 높은 줄 모르고 치솟는 땅값일 수 있습니다. 특히나 수도권 집중이 심해지는 지금, 높은 임대료를 감당하기에 출판 유통의 마진은 낮은 편이죠. 이에 관한 내용이 이 책의 주제는 아닌지라, 어떻게 동네 책방을 더 자주 만날 수 있을지 궁금하신 분은 출판평론가 한미화 저자가 쓴 《유럽 책방 문화 탐구》, 《동네책방 생존 탐구》를 참고하기를 바랍니다.

한편 온라인 공간에서는 책보다는 게임, 영상이 소비됩니다. 이런 시대이다 보니 학생이든 직장인이든 책으로부터 멀어진 채 일상을 보내는 사람이 많습니다. 죽을 때까지 책이 주는 즐거움을 한 번도 느끼지 못할 가능성이 점점 높아지는 시대에 우리는 살고 있습니다.

《밥보다 등산》이라는 책을 막 냈을 때 이야기입니다. 저자로서 책을 내보신 분은 아시겠지만 첫 책을 내면, 주변 사람들이 사 주십니다. 지인 중에는 책을 한 번도 안 보셨던 분들도 꽤 있었습니다. 그런데 이런 말씀을 하시더라고요. "책이라는 게 꽤 재밌구나?" 아, 물론 책을 향한 부정적인 평가가 없진 않았습니다. 특히, 책 좀 보신다는 분들이 냉철하게 평가해 주셨습니다. 당연합니다. 멋지고 좋은 책을 수없이 봐 왔을 텐데, 첫 책을 쓴 제 글이 그렇게 마음에 들기 어려웠겠지요. 아무튼 저처럼 보통 사람이 뛰어나지 않은 필력으로 쓴 등산 에세이가 주는 즐거움이 이럴진대, 오랫동안 고전으로 인정받아 온 명작은 어떨까요? 독서를 취미로 여겨보지 않은 분들에게는 새로운 세계가 열리는 기분이 아닐까요!

대충 이런 의식의 흐름으로, 감히 제가 책에 관한 책을 써 보기로 했습니다. 사회적으로 엄청난 성취를 이룬 적도, 높은 인품으로 주변을 감화시켜 본 적도 없지만, 다소 주제넘게 책 읽는 즐거움과 책 고르는 방법을 알려드리려고 합니다. 15년 동안 책으로 먹고 살아온 제가 미약하게나마 해야 하는 일이라고 생각했습니다.

이 책을 쓰기 위해 이미 나와 있는 책을 여러 권 읽었습니다. 그리고 확신했습니다. '책에 관한 책'이 독서의 즐거움을 느껴보지 못한 독자를 위한 길잡이가 될 수 있겠구나, 이미 자신만의 독서관이 확립된 사람에게도 감동을 주겠구나, 하고요. 후자라고 할 수 있는 저조차도 《잘라라 기도하는 그 손을》, 《지금도 책에서만 얻을 수 있는 것》, 《도서관에는 사람이 없는 편이 좋다》등등을 읽으며 가슴이 웅장해지는 순간이 여럿 있었습니다.

"정말 책이란, 유익하고 무해하구나!"

이 책이 독서의 즐거움을 잘 전달할 수 있을지, 책 고르는 현명한 방법을 알려드릴 수 있었으면 좋겠습니다. 읽다 보시면, 독서 생활에 유용한 팁도 꽤 있습니다. 만약 이 책이 좋은 책이라면, 전적으로 포르체 김아현 편집자님과 유나 편집자님, 정은주 마케터님과 민재영 마케터님, 박영미 대표님 덕입니다.

치명적인 내용상 오류와 잘못된 견해가 있다면 제 탓입니다. 그밖에 사소한 오류는 현대인의 부족한 시간 탓입니다. 《여성의 권리 옹호》의 저자로서 《프랑켄슈타인》 메리 셸리의 어머니인 메리 울스턴크래프트가 자신의 책에 오탈자를 비롯한 여러 오류가 있다고 지적받자 답변한 내용이 이렇습니다. "내겐 너무나 시간이 부족하다!" 그렇다고 제가 감히 메리 울스턴크래프트급이라는 말씀은 아니고요. 여하튼 예나 지금이나 부족하기만 한 시간인데, 그 시간을 쪼개서 이 책을 읽어주신 데 감사하다는 말씀드립니다.

이 책에는 많은 책이 등장합니다. 제가 완독했거나, 발췌 독했거나, 표지 독서한 책들입니다. 함께 읽고 싶어 소개드리는 책이지요. 다만, 독서 역시 개인 취향입니다. 제 취향과 여러분의 그것이 일치한다는 보장은 없습니다. 이 부분은 크게 문제가 되지 않습니다. 그런데 제가 모자라서 추천하지 말아야 할 책인데, 이 책에 포함될 수도 있습니다. 혹시 그런 책이 있다면, 서점 리뷰나 한줄평으로 남기지 마시고 메일로 제 무지를 꾸짖어 주시기를 바랍니다. 개정판 낼 때 고치겠습니다. 개정판을 낼 수 있을 만큼 이 책의 생명이 길어야겠지요. 도와주십시오!

또 감사드리고 싶은 분이 많습니다. 부모님과 배우자 및 아이들, 부산 대표 젊은 소설가 오성은, 원고가 안 풀릴 때 선율로 위로를 준 피아니스트 김재훈에게 고맙습니다. 그리고 이 책을 쓴다고 밝혔을 때 무한 긍정과 응원으로 힘을 복돋아 준 동료 박은영과 정일품과 김유리에게도 감사합니다. 내가 아는 사람 중 가장 농구 잘하는 권우현, 내가 아는 사람 중 가장 잘생긴 김대영에게도 고맙습니다. 마땅히 호명되어야 하는데 이름이 없다 하시는 분이 있다면, 제 기억력 탓입니다. 알려 주신다면 역시 2쇄 때 추가할 수 있도록 노력하겠습니다.

목차

3장 책 읽으면 뭐가 좋아요?

재밌는 책, 어디서 찾나요?

1
장

책은 죽지 않는다

대학을 졸업하고 직장인으로 첫발을 내디딘 곳이 서점이라는 사실을 주변에 알렸을 때, 축하한다거나 앞으로 열심히 하라거나 좋아하던 책을 업으로 삼았으니 좋겠다는 말을 들었다. 그러나 꼭 매사에 부정적인 사람은 있기 마련이다. "서점? 요즘 책 읽는 사람 있나? 특히나 종이책은 없어질 건데."

그게 2009년의 일이다. 그 뒤에도 책은 사라지지 않았고, 이 글을 쓰는 지금 대한민국 전체가 한강 작가님의 노벨 문학상 수상에 들떠 있다. 수십만 부가 불과 며칠 만에 팔렸다. 종이책은 건재하다.

그나저나, 종이책이 사라지리라는 비관적인 전망이 21세기에 나온 건 아니다. 알고 보니 꽤 역사가 깊은 담론이었다. 《포스트디지털 프린트》에 따르면 1894년에 이미 종이책이 사라지리라는 예측이 등장했다. 1880년, 헤르츠가 전파 발사에 성공하고 통신 기술 발달에 거는 기대가 컸다. 사람들은 책 대신 음성, 그러니까 라디오가 그 자리를 차지하리라 여겼다.

"그 뒤로 100년이 훌쩍 흘렀지만, 종이책은 죽지 않았다."

맘껏 길을 잃어도 되는 곳, 서점과 도서관

산에서 길을 잃어 본 적이 있는가. 등산로가 잘 정비되어 있고 해발 고도가 낮은 대한민국에서조차 가끔 조난으로 인한 사망 사고가 뉴스에 나오는 것처럼, 산에서 잘못된 길로 접어드는 건 실패이고 위기다. 그렇지만 독서라면 사정이 다르다. 목표로 둔 길에서 벗어나도 되는 게 책이라는 세상이다. 오히려 길에서 벗어났더니 더 황홀한 광경이 눈앞에 벌어지는 게 바로 책이다. 주로 도서관이나 서점이라는 공간에서 이런 마주침을 겪을 수 있다.

독서에서 조난이란 여러 가지 상황이 있을 수 있겠지만, 아무래도 제목이 암시하는 내용과 본문이 다른 경우라 하겠다. 제목과 저자와 출판사명 그리고 이미지로 이뤄진 책 표지를 보고 펼쳤는데 '낚였다'라고 할 만한 그런 상황이다. 책 꽤 읽어 본 독자라면 이런 경험 한두 번은 있을 테다. 나 역시 있다.

두 가지 정도가 기억난다.

첫째는 《세속의 철학자》다. 워낙 오래전에 읽어서 정확히 기억나지는 않지만, 내 부정확한 기억에 따르면 군 복무 중 보수동 헌책방 골목에서 이 책을 발견했다. 의무경찰로 복무하면서 휴가는 드물었지만 외박은 자주 나갔고, 도시에서 근무했기에 외박 때마다 서점에 들러 책을 찾을 수 있었다. 인문대생이었기에 예나 지금이나 철학에 대한 흥미는 여전했다.

《세속의 철학자》라는 제목에서 무엇이 떠오르는가? 존재론이나 인식론처럼 다소 난해한 형이상학보다는 일상에 관해 사색했던 스토아 철학을 생각했다. 인문대 전공자로서 전역 이후 취업도 고민해야 했기에, 이 책 속에 나에게 줄 현실적인 지혜가 있을 줄 알았다. 이를테면, 한때 선풍적인 인기를 끌었던 《철학은 어떻게 삶의 무기가 되는가》처럼 말이다. 당시 나의 상황으로 돌아가 보자. 까까머리로 잠시 외박 나온 의무경찰이라고 했다. 일분일초가 소중했다. 책을 고를 때 제목이 마음에 들면 바로 골랐다. 목차나 뒤표지를 살펴볼 여유는 없었다. 그리고 책을 사서 집에서 펴봤다.

이 책은 철학책이 아니었다. 경제학자의 사유와 삶을 소개한 책이었다. 아, 낚였다. 그래도 이미 산 책이니, 읽어 보기로 했다. 그간 철학자의 사유와 삶에 익숙했던 나에게 새로운 관점이었다. 그간 나는 돈은 세상에서 그리 중요하지 않다고 생각했지만, 틀린 견해였다. 특히나 한 장을 차지한 마르크스를 읽으며, 개인이나 사회나 경제적 문제를 해결하지 않고는 불행과 결별할 수 없겠다고 느꼈다.

그다음 책은 《포르투갈의 높은 산》이다. 《파이 이야기》로 널리 알려진 얀 마텔의 또 다른 소설이다. 유명 소설가가 산에 관해 썼다니, 안 읽고 베길 수 없었다. 역시 이때 내가 처한 상황에 대해 잠시 이야기해 보자면, 산악 소설에 흠뻑 빠진 시기였다. 《밥보다 등산》이라는 등산 에세이를 쓰며 수많은 산서를 읽었고, 산서의 매력에 빠졌다. 절정은 《신들의 봉우리》다. 산에 오를 수밖에 없는 사람의 운명을 이토록 처절하게 아름답게 그릴 수 있다니! 마침 그때가 겨울이었는데, 산에 쌓인 눈을 볼 때마다 소설 속 주인공 하부 조지를 떠올렸다. 그러니, 《포르투갈의 높은 산》을 펴기 전부터 전율이 돋았다. 도대체 얼마나 멋진 이야기가 펼쳐질까!

나에게는 독서할 때 정해진 습관이라는 게 없는 편이다. 때로는 제목, 목차, 뒤표지 그리고 독자 리뷰를 읽고 독서에 들어갈 때가 있다. 때로는 제목, 저자 정보 정도만 보고 다른 정보는 일체 보지 않은 채로 첫 장을 펼칠 때가 있다. 《포르투갈의 높은 산》은 후자였다. 1904년, 주인공 토마스가 소중한 사람을 두 명이나 연거푸 잃고 실연에 빠져 있다. 포르투갈 높은 산으로 향하기로 한다. 이 정도까지만 읽었을 때 생각했다. 그렇지, 산은 사람을 구원하지. 그런데 읽어 가면 갈수록 포르투갈의 높은 산은 산이 아니고 지명이 그렇다는 이야기였으며,

내용도 산악 문학과는 거리가 멀었다. 아, 낚였다.

그럼에도 불구하고 이 소설은 멋진 작품이었다. 과거와 미래, 현실과 상상을 오가며 다소 괴이한 분위기로 전개되는 죽음과 애도, 상실에 관한 이야기였고 마지막 3부에서 주인공은 침팬지 오도로부터 위안을 받는다. 삶과 죽음은 하나, 인간도 결국 동물 중 일부, 상실로부터 위로를 받을 공동체가 있다는 게 소중하다는 메시지로 나는 읽었다. 주제도 멋지지만 2부에서 추리소설과 성경을 대위법적으로 읽어내는 얀 마텔의 관점은 감히 도스토옙스키가 쓴 《카라마조프가의 형제들》의 '대심문관'에 필적할 만한 대목이라 평해 본다. 대작가의 글에는 이렇게 급이 다른 시야가 녹아 있다. 비록 기대한 산악문학은 아니었지만, 제목에 낚인 덕분에 훌륭한 작품을 뜻하지 않게 읽은 경험이었다.

15년 차 서점 사람이 안내하는,
왜 베스트셀러일까?

서점과 도서관, 둘 중 어느 장소를 좋아하는지 묻는다면, 마치 엄마가 좋냐 아빠가 좋냐와 같은 질문이라 난처하다. 그렇지만 아마도 대개는 엄마가 좋다고 할 테다. 나도 어린 시절 그랬던 듯하다. 아무래도 우리 시대 아버지는 거리가 있는 편이었으니까. 이런 맥락에서, 서점과 도서관 간 밸런스 게임에서도 내 답은 정해져 있다. 나는 당연히 서점이 좋다. 이유는 단순하다. 도서관에 비치된 책은 빌릴 수만 있지만, 서점에 진열된 책은 내 걸로 만들 수 있어서다. 빌린 책을 읽는 경험과 산 책을 읽는 경험은 다르다. 아무래도 '내 책'인 후자를 더 깊이 읽게 된다.

서점은 표지 독서가 편하다는 점에서도 도서관보다 유리하다. 책에 관해서는 제목, 부제, 저자, 출판사 정도만 알아도 어느 정도 어떤 내용에 관한 책인지 알 수 있다. 그런데 도서관 서가에 꽂힌 책등에는 끽해야 제목과 저자, 출판사 정도만 보인다. 이에 비해 서점은 더 높은 비율로 표지를 한눈에 볼 수 있도록 구성된 공간이다. 부제와 이 책이 담은 핵심 메시지 그리고 책 내용을 이미지로 형상화한 사진이나 그림까지 살펴 볼 수 있다. 하여 표지만 봐도 독서라는 경험을 즐길 수 있다.

좀 더 많은 책이 구비된 대형 서점, 공간적 제약이 없는 인터넷 서점은 표지 독서하기가 한결 편하다. 아무 생각 없이 표지 독서를 즐길 심산으로 서점에 가보자. 이토록 다양한 책 이 하루가 멀다 하고 쏟아져 나오다니, 세상은 신비하고 재밌 는 공간이라는 생각이 절로 들 것이다.

어떤 책이 베스트셀러일까?

오프라인 대형 서점과 인터넷 서점 모두 '베스트셀러'를 크게 보여 준다. 서점의 베스트셀러란 시대정신이라고 할 수 있다. 베스트셀러 목록을 보면 현재 우리 사회가 무엇에 관심이 있 는지를 가늠할 수 있다. 물론 《오타쿠의 욕망을 읽다》에서 진 단하는 대로 "앞으로 모두가 즐기는 문화라는 것은 존재할 수 없을 것이고, 뚝뚝 끊어진 듯 보이면서 속으로는 맥락을 공유 하는 여러 독립된 문화들이 난립할 것"인 세상에서 우린 살고 있다. 그렇다 보니, 베스트셀러의 위상이 20세기와 같을 순 없겠지만 그래도 조금이라도 더 많이 읽히는 책에서 우리의 관심사가 무엇인지 확인할 수 있다.

그러므로 베스트셀러란 집단 지성, 집단의 욕망이다. 집단 지성은 때때로 실패하기도 하지만, 그나마 베스트셀러를 읽는 게 덜 실패한다. 한때 산에 빠진 적이 있었다. 책에 베스트셀러라는 게 있듯, 산에도 '100대 명산'이라는 타이틀이 있는데 대체로 뛰어난 경관을 자랑하고, 접근성도 그리 나쁘지 않은 편이다. 그런데 사람들은 정도의 차이가 있을지언정, 늘 독특함을 갈망한다. 덜 알려진 산을 찾아 지도를 뒤져 보지만, 결국 그 산들이 유명하지 않은 데는 나름의 이유가 있음을 깨닫게 된다. 지금이 대항해시대도 아니고, 지리상의 발견이 끝난 현재 내가 먼저 그 가치를 발견할 수 있는 덜 알려진 산은 존재하지 않는다. 책도 비슷하다. 이미 글 잘 쓰는 문인 수백만 명이 엄청난 분량의 글을 썼고, 이를 대중사회가 평가해서 만든 목록이 고전이다. 내일의 고전을 꿈꾸는 책들이 지금 이 시간에도 베스트셀러 차트에서 경쟁을 펼치고 있다.

베스트셀러는 일간, 주간, 월간 기준으로 볼 수 있다. 가장 변동성이 심한 건 일간이다. 단행본의 주간지화가 진행된 지금, 월간 기준으로 베스트셀러에 오른 책은 스테디셀러라고 부를 만하다.

베스트셀러 관련해서 낯 뜨거운 과거가 떠오른다. 서점에 입사 지원서를 내고 면접관 앞에 앉은 자리. 서점 사람들의 단골 질문 중 하나를 받았다.

"손민규 씨는 어떤 책을 팔고 싶나요?"

하필 《시크릿》류 책이 유행하던 시기였고 당시 나는 재테크나 동기부여 책을 자본의 논리에 따라 만들어진 저질 문화 상품이라고 생각했다. 어쨌거나, 나는 이렇게 답했다.

"베스트셀러는 스테디셀러를 이길 수 없고, 스테디셀러는 고전을 이길 수 없습니다. 저는 고전이 될 책을 팔고 싶습니다."

그때 면접관의 표정은 묘했다. 세상 물정 모르는 소리 하고 있네, 정도의 느낌. 서점에서 일하면서 그 면접관의 표정을 이해하게 됐다. 내 생각은 오류였다. 이기고 지는 문제가 아니라, 우리가 읽는 고전은 모두 당대의 스테디셀러였고, 그 순간 베스트셀러인 까닭이다.

"모든 베스트셀러가 고전이 될 수는 없어도, 모든 고전은 베스트셀러였다."

빅토르 위고가 쓴 《레미제라블》은 출간된 당일 파리에서만 초판 7천 부가 판매될 정도로 화제작이었다. 그 외 《돈키호테》, 《로빈슨 크루소》 등 여전히 세계문학에서 한 자리 차지하는 작품도 다 당대 베스트셀러였다. 최근 대한민국이 열렬히 찾은 쇼펜하우어도 당대 베스트셀러 저자였다. 비록 젊은 시절 발표한 《의지와 표상으로서의 세계》가 쫄딱 망했지만, 말년에 발표한 《소품과 부록》이 대박을 쳤다. 이 책마저 안 팔렸다면, 과연 21세기 대한민국이 쇼펜하우어라는 독일 철학자의 존재를 알까?

　오늘날 대한민국에서는 해마다 7~8만 종의 책이 쏟아져 나온다. 잠시라도 주목받지 못한 책이 수백 년 뒤에 발굴될 확률이 있을까? 단언컨대 없다. 반복한다. 우리가 현재 읽는 고리타분한 고전은 대부분 당시에는 뜨거운 베스트셀러였다. 그러므로 베스트셀러를 폄하하지 말자. 시대정신이고 고전으로 향하는 최소한의 조건이었으니까.

베스트셀러는 어떻게 만들어질까?

예나 지금이나 특정 작품이 베스트셀러가 된 데에는 이유가 있다. 문학이든 인문학이든 베스트셀러에 오르려면 조건이 필요하다. 우선 저자가 믿음직스러워야 한다. 문단이든, 학계이든 말이다. 그리고 라이징스타는 여간해선 잘 없다. 한 권, 두 권 쓰면서 팬을 서서히 확보해 온 저자의 책이 잘 팔린다. 즉 베스트셀러는 어느 정도 집단 지성의 검증을 통과했다는 의미다.

　자, 이제 우리의 시대정신을 살펴볼 차례다. 시대정신은 어떤 기준으로 정해질까? 의외로 출판 관계자 중에서도 베스트셀러 집계 기준을 모르는 분이 있다. 베스트셀러는 일간, 주간, 월간으로 집계한다. 한 해를 기준으로 집계하기도 하는데, 보통 일 년 단위 베스트셀러는 서점에서 보도자료로 배포하고 언론사에서 기사로 주요하게 다루기도 한다.

다만 주의해야 할 점은, 베스트셀러를 인위적으로 만들려는 노력이 존재한다는 것이다. 사회 전반적으로 가짜 뉴스가 문제인데, 책 시장에서도 가짜 정보로 인한 시장 왜곡은 벌어진다. 가짜 뉴스에 대한 개인적 차원의 해답이 리터러시 기르기이듯, 사실 베스트셀러 목록을 보는 데도 어느 정도는 리터러시가 필요하다. 맥 빠지는 소리일 수 있으나, 가짜인 책을 분별하는 데는 시행착오가 필요하다. 특히나 미디어 환경이 다양해지고 여러 이유로 책 한 종을 향한 집중도가 떨어지면서, 베스트셀러로 오르기 위한 절대 부수가 감소하다 보니 베스트셀러에 올리기 위한 소위 '작업'이 용이해진 측면이 있다.

많은 출판사와 저자가 베스트셀러를 만들고 싶어 하는데 베스트셀러에 책 제목을 올리는 건, 그 자체로 훌륭한 마케팅이라서다. 모든 책은 태어날 때부터 베스트셀러를 향해 최선을 다한다. 꼼수 중 가장 단순한 방법은, 한 사람이 여러 권을 사는 방식이다. 당연히 지금은 통하지 않는다. 한 사람이 여러 권을 구매해도 베스트셀러 집계에는 1부로 잡힌다. 기억하자. 베스트셀러는 주문 부수가 아니라 주문 건수다. 혹시 아직도 이를 모르고, 한 서점에서 여러 권을 산 뒤 왜 내 책이 베스트셀러가 아니지, 하고 집계 기준을 의심하지 말자. 그럴 시간에 좀 더 멋진 글을 쓰도록 노력하자.

이렇게 해서 집계된 베스트셀러 목록을 보면 일간 기준은 변동 폭이 심한 편이고 주간과 월간은 어느 정도 경향을 따른다. 내가 담당하는 인문, 사회정치, 자연과학 쪽 베스트셀러는 《사피엔스》, 《총균쇠》, 《침묵의 봄》, 《세상의 절반은 왜 굶주리는가》, 《코스모스》 등 스테디셀러가 많은 편이다. 그에 비해 재테크, 동기부여 쪽은 스테디셀러 비중이 적은 편이다. 《부자 아빠 가난한 아빠》처럼 그쪽도 스테디셀러가 없진 않지만, 아무래도 돈에 관해서는 투자 기법이 시시각각으로 바뀌고 시장 상황도 변하는지라 스테디셀러가 나오긴 쉽지 않다. 이처럼 분야별 특징을 보는 것도 베스트셀러 순위를 보는 한 가지 재미다.

다만 사회의 전반적 흐름을 반영하는 베스트셀러가 개인의 취향과 꼭 일치한다는 보장은 없다. 특히나 앞서 썼듯, 베스트셀러로 진입하기 위한 절대 부수가 감소하는 시대에서 개인의 기호와 베스트셀러는 자주 어긋나기 마련이다. 일단 나부터 그렇다. 뒤에서 더 자세히 쓰겠지만, 한창 월 천만 원 벌게 해 준다는 동기부여 저자들의 책이 베스트셀러의 많은 자리를 차지했을 때, 짜증났다. 나도 돈 벌고 싶어 읽어 보았지만, 그들이 알려 주는 방법 상당수가 돈 버는 방법과 무관했기 때문이다.

　여전히 판매량만으로 책을 사기가 망설여진다면, 독자 리뷰와 한줄평을 보자. 온라인서점에서 쉽게 확인할 수 있다. 출판사에서 만든 책에 관한 소개(출판사 리뷰, 제작사 리뷰)도 종합적으로 판단해야 한다. 요즘은 신간 출간 홍보 방법으로 서평단을 기본으로 운영하는지라, 서평단을 통해 작성한 긍정적인 리뷰가 많은 까닭이다.

　만약 저자나 출판사를 향한 단순 비방 글이 아니라 논리를 갖춰 조목조목 이 책이 별로라고 평가하는 부정 리뷰가 있다면 유심히 봐야 한다. 보통 사람들은 책에 관한 부정적인 후기를 굳이 쓰진 않는다. 대부분은 그냥 안 쓰고 말지 부러 사이트에 접속해서 남기진 않는다. 책에 관한 부정적인 후기가 있다면, 그것도 하나가 아니라 여러 개가 있다면. 이런 책은 심각하게 구매를 고려해 봐야 한다. 진짜 별로인 책일 확률이 높다.

베스트셀러가 말해 주는
요즘 세상 이야기

출간 동향을 꾸준히 관찰해 본 사람이 아니라면 베스트셀러는 일견 무규칙해 보인다. 소설도 있고 자기계발서도 있고 인문학, 만화, 취미·실용 책까지 모든 장르가 섞여 있기 때문이다. 그러나 꾸준히 관찰하면 어느 정도 흐름이 보인다. 우리 사회가 어디에 관심이 있고, 어떤 저자가 활약하는지가 드러난다. 종합 베스트셀러 영역은 각 분야에서 가장 많은 선택을 받은 책들이기에 분야를 불문하고 표지와 책 소개만이라도 훑어 보자. 지금 대한민국이 어떤 분야에 꽂혀 있는지, 대한민국 사람이 어떤 작가를 좋아하는지 확인할 수 있다.

이런 베스트셀러를 보면서 나는 사회를 보는 시각이 좀 더 희망적이 된다. 인터넷 뉴스 댓글창에서 마주하는 냉소와 분노는 우리 사회가 곧 무너질 듯한 절망감을 안겨 준다. 온통 나쁜 놈밖에 없고, 불평등은 심화되며, 국민 의식도 점점 안 좋아지는 듯하다. 그러나 서점 베스트셀러목록을 보면 상황이 다르게 보인다. 최근 유행한 힐링 소설, 다정함을 설파하는 교양서, 어린이의 꿈과 희망을 복돋는 학습만화 등 밝은 기운을 얻을 수 있다.

물론 묵시론적 세계관으로 부정적 전망을 늘어 놓는

책도 있긴 하지만, 모순적인 구조를 분석하고 비관적으로 전망하는 책조차도 자극적인 유튜브보다 낫다. 일명 '사이버렉카'가 사회의 어두운 면만 자극적으로 부각하는 반면, 책은 문제의 뿌리를 들여다보고 건설적인 대안을 제시하기 때문이다. 이것이 바로 책이 주는 희망이자 위로다.

2017년부터 인문, 사회정치 분야를 담당하며 바라본 우리 사회의 관심사 변천은 세 가지 키워드로 요약할 수 있다. 평등, 환경, 그리고 노화이다.

첫 번째 물결은 페미니즘이었다. 페미니즘에도 다양한 관점이 있고, 각 입장이 제시하는 가치도 다르지만, 가부장제 아래에서 여성을 억눌렀던 기제들에 대해 많은 논의가 이어졌고, 그 덕분에 보다 평등한 사회로의 이행이 이루어졌다고 생각한다.《모두를 위한 페미니즘》,《엄마는 페미니스트》,《우리는 모두 페미니스트가 되어야 한다》등의 책이 큰 인기를 끌었다. 노벨 경제학 수상자인 클라우디아 골딘의 대표작《커리어 그리고 가정》에서 지적하듯, 여전히 세계적으로 성별 소득 격차는 존재하지만, 분명히 인류는 평등을 향해 나아가고 있다.

한편, 2020년 전후로 기후와 환경에 대한 관심이 급증했다.《두 번째 지구는 없다》,《2050 거주 불능 지구》,《쓰레기책》,《식량 위기 대한민국》등 기후 온난화로 뜨거워지는 지구에 대한 책들이 속속 등장했다. 이제 기후 위기와 지구 온난화를 가짜 뉴스나 음모론으로 치부할 수 없다. 물론 아직도 일부 극소수는 그렇게 믿기도 하지만, 공적인 자리에서 그런 사람들은 거의 없다. 무엇보다, 그 어느 때보다 길고 길었던 2024년 여름을 겪지 않았던가.

　　2023년부터 시작된 큰 흐름을 톺아보자면 '노화'라고 할 수 있다. 2024년 대한민국 중위 연령이 46세라고 한다. 이 책을 독자가 읽을 때는 그 숫자가 더 높아져 있을 테다. 초고령화로 접어드는 대한민국 인구 구조를 반영하듯, 저속 노화, 현명하게 늙어가기 등등 인생 후반전을 향한 관심이 높다.《50대를 위한 논어》,《마흔에 읽는 쇼펜하우어》등등 중년 이후의 삶의 태도, 가족 관계, 일 등을 조언하는 책이 많이 나왔고 많이 읽힌다.

　　흥미로운 점은, 노화 관련 담론이 건강 영역에서 인문학적 영역으로 확장되었다는 것이다. 그동안 노화 관련 책은 대개 건강이나 취미 분야로 분류되었지만, 최근에는 인문학 분야로 분류되는 경우가 많아졌다. 책의 내용도 단순히 식습관이나 수면, 운동에 국한하지 않고 마음챙김과 같은 심리적인 문제에도 많은 분량을 할애하고 있다. 요즘 해당 주제를 쓰는 저자가 인문 분야로 분류된 심리학자라거나 정신의학자인 점이 크겠다. 옳바른 방향이라 생각한다. 만병의 근원이 스트레스라는 말이 있듯,

내 마음을 다스리는 것이 아름답게 나이 들어가는 데 필요한 기본이다. 생각해 보면, 이쪽 분야의 고전인 키케로가 쓴《노년에 관하여》도 철학책이었다.

서점 사람이 안내하는,
신간이 궁금하면 서점으로

하루에도 정말 많은 책이 태어난다. 2023년 신간 종수는 6만 2,865종이었다. 서점에서도 신간은 베스트셀러와 함께 서점에서 큰 공간을 차지한다. 이 숫자가 어느 정도인지 체감되는가? 어마무시하게 큰 숫자라 잘 느껴지지 않을 수도 있다. 이렇게 신간이 쏟아져 나오다 보니, 독자 입장에서 어떤 책을 골라야 할지 막막할 때가 많을 것이다.

여기서 잠깐, 내가 몸담은 인터넷 서점 PD 업무에 관해 소개해 보겠다. 예전에는 도서 MD(merchandieser)라고 했고, 지금은 도서 PD(product director)라고 부른다. PD라고 하면 방송국 PD(program director)를 떠올릴 텐데, 방송국 PD가 콘텐츠를 다룬다면 도서 PD는 책이라는 상품을 취급한다. 이 직업의 본질은 출판사에서 만들어진 신간을 독자에게 소개하기다.

인터넷 서점 도서 페이지에 카피를 쓰고, 좀 더 긴 글인 리뷰를 작성하며, 책과 관련한 굿즈를 만들고, 책을 주제로 다양한 방식의 큐레이션을 시도하는 등 여러 업무를 진행한다. 아무래도 업무의 중심은 구간보다는 신간에 맞춰진다. 스테디셀러, 구간을 소개하는 영역도 있긴 하나 서점 메인 페이지 대부분은 신간이 차지한다. 예스24의 오늘의 책, 교보문고 오늘의 선택, 알라딘 편집장의 선택과 같이 각 서점의 얼굴에 해당하는 영역도 신간이 차지한다.

왜 그럴까? 책 역시 음악이나 영화와 같이 다른 문화 상품과 비슷하게 탄생하고 성장하고 서서히 소멸해 가는 순환을 겪기 때문이다. 음원 차트나 영화 블록버스터 순위를 보라. 특별한 상황이 아니면 대개 신작들이 차지하고 있다. 그래도 책은 다른 문화 상품보다 스테디셀러, 고전이 시장에서 차지하는 위상이 큰 편이다.

서점의 편집자들

한해 나오는 신간이 6만 종이 넘는다고 했다. 이렇게 신간이 많이 나오다 보니, 도서 PD는 업무 중 많은 시간을 신간 파악에 쓴다. 예스24는 월요일에서부터 목요일까지 주 4회, 하루 1시간 30분씩 출판사 미팅을 한다. 모든 미팅은 예약제로 진행

된다. 7년 전에는 하루에 출판사 20곳을 만나 책 24권을 소개받은 적도 있다.

그렇게 소개받은 신간을 분야 페이지 곳곳에 넣는다. 메인 페이지는 편집회의를 거쳐 결정하지만 분야 페이지는 각 분야 PD의 재량이다. 나를 비롯한 서점에서 일하는 사람들은 책을 좋아하고, 책을 즐겨 읽고, 책에 관심이 많다. 각자 나름의 기준으로 양서와 그렇지 않은 책을 분류한다. 이들이 편집한 영역이 서점의 분야 페이지다.

혹시 이 글을 읽는 출판사 관계자 중에서, '어라, 우리 책은 분야 페이지에 소개된 적 없는데? 우리 출판사 책이 별로야?'라고 생각하시는 분이 있다면 오해하지 말기를 바란다. 좋은 책인데, 서점 분야 페이지에 올라온 적이 없다면 서점 담당자가 그 책의 존재를 모를 수도 있다. 우리도 사람이다 보니, 때로는 양서를 놓치는 경우가 있다. 대한민국에 출간된 모든 책을 소개하지는 못할 뿐더러, 소개하더라도 신간 나오는 속도가 빨라서 전시하는 기간이 그다지 길지는 않다. 그럴 때는, 서점 담당 PD에게 메일이나 유선 전화로 해당 책의 존재를 알리면 된다.

앞서 쓴 '나름의 기준'이 무엇인지 묻는다면, 사실 그 기준은 사람마다 다를 수 있다. 하지만 그 차이가 크지는 않을 것이다. 박지혜 저자가 쓴 《중쇄 찍는 법》에서 제시한 "2할의 전복성, 7할의 충분성, 1할의 미래 지향성"에 동의한다. '지금, 여기'라는 시공간적 맥락에 꼭 필요하면서도, 앞으로 나아갈 수 있는 길을 제시한 책이 좋은 책이다. 필자의 선배이자 사수이자 직장 상사님인 조선영 저자님께서 쓴 《책 파는 법》에서는 "새롭고 참신한 시각으로 세상을 바라보게 해 주고 독자에게 생각할 문제를 던져 주며 이 책을 통해 다른 책을 읽고 싶게 만드는" 책이 좋은 책이다.

여기에 내가 덧붙일 조건은 딱 하나 더 있다. 바로 '재미'다. 텍스트로 사람 웃기는 건 정말 어렵다. 가끔 책 읽다 웃는 순간을 만나는데, 이런 책은 정말 멋지다! 다소 엄숙하고 진지한 인문학이나 사회과학 쪽보다는 소설이나 에세이에서 우리를 웃게 하는 작가를 만날 수 있다. 《능력자》, 《풍의 역사》, 《베를린 일기》를 쓴 최민석 작가와 《자기 개발의 정석》, 《집으로 돌아가는 가장 먼 길》을 쓴 임성순 작가, 《예테보리 쌍쌍바》, 《복고풍 요리사의 서정》, 《사랑은 달아서 끈적한 것》을 쓴 박상 작가가 내가 아는 글로 웃길 수 있는 사람이다. 아, 유머는 개인 취향이니 위에서 언급한 작품이 별로 안 웃기더라도 어쩔 수 없다. 이 구절 때문에 이 책 환불을 요청한다거나 책에 관한 부정적인 평을 작성한다면 곤란할 듯하다.

여하튼 의미 있고 재밌는 책 위주로 서점 곳곳이 채워진다. 독자, 그러니까 소비자 입장에서는 서점 분야 페이지를 탐색하면 책 찾는 시간을 줄일 수 있을 것이다. 수많은 신간 중에서 한 차례 필터를 거쳐 진열한 게 각 서점의 분야 페이지라서다. 그러니 어떤 책을 읽어야 좋을지 막연하다면, 우선 서점 페이지를 열어 보자. 혹자는 동네 작은 책방, 독립 책방이 상업성에 좌우되지 않고 독특하게 큐레이션하는 공간이며 더 많은 동네서점이야말로 실핏줄과 같은 존재라고 말한다. 나 역시 일부 동감한다. 다만, 서점마다 독특하게 큐레이션을 할 정도로 대한민국이라는 사회가 엄청나게 크고 다양한지는 의문이다. 예컨대 미국, 중국, 인도 같은 나라들처럼 말이다. 대한민국은 사회 전체적으로 균질하고, 구성원 대부분이 공감할 토대가 많은데, 이런 사회에서는 특정 주제에 관한 독특한 큐레이션이 가능하기가 쉽진 않다고 본다. 동네책방, 독립서점도 좋지만 인터넷 서점의 분야 페이지 역시 1차로는 신간 큐레이션 역할과 게이트키핑 역할을 충분히 잘 수행한다.

서점을 즐기는 방법은 하기 나름

서점에서 진행하는 다양한 이벤트를 구경하는 것도 한 가지 묘미다. 책을 활용한 다양한 굿즈, 사은품을 보는 재미가 있다. 온라인 서점 3사가 각각 매월 다른 콘셉트로 그달의 굿즈를 선보인다. 다이소라는 강력한 경쟁자가 있긴 하지만, 서점에서 굿즈를 택한다면 생활비 절감에 큰 도움이 된다. 굿즈라는 제품 특성상 가격이 제작비 정도로 책정되기에 시중에서 파는 텀블러, 에코백, 문구보다 싸게 구할 수 있다. 게다가 대부분 한정판이라 남들은 몰라 주더라도 나 홀로 만족할 수 있는 여지도 크다.

책을 둘러싼 다양한 이야기를 만나는 것도 장점이다. 서점에서 운영하는 대표적인 웹진인 '채널예스', 그리고 각 서점에서 만드는 유튜브 영상 등에서 저자, 편집자, 출판 관계자 등등 책과 연결된 여러 사람의 목소리를 들을 수 있다. 볼거리 읽을거리가 많고 대부분 무료다. 그러니 사고 싶은 책을 검색한 후 바로 창 닫기를 누르지 말고 서점 곳곳을 누벼 보자.

주말에는 도서관에 가자

이제 도서관으로 무대를 옮겨 보자. 그 전에, 진선미에 관해 얘기해 보려고 한다. 정치인 진선미 님이 아니고, 20세기 가부장제 외모지상주의의 유산인 미인 대회 등급도 아니다. 진선미란, 근대 철학의 완성자로 평가받은 임마누엘 칸트가 평생 천착한 주제다.

칸트는 '인간은 어디까지 알 수 있는가'라는 '진'리의 문제, '인간은 어떻게 살아야 하는가'라는 '선'함의 문제 그리고 '어떤 것에 감동받을 수 있는가'라는 '미'적 판단의 문제를 탐구하며 《순수이성비판》, 《실천이성비판》, 《판단력비판》 이른바 3종 비판세트를 펴냈다. 칸트에 따르면 이 세 가지를 주관하는 건 이성이다. 다 읽어 봤냐고? 그럴 리가 없다. 《순수이성비판》을 읽고 철학은 나와 맞지 않다는 걸 깨달아 종교학을 공부하기로 결심한 나다.

여하튼 칸트 이후 루돌프 옷토라는 사람이 등장한다. 그는 이 세 가지만으로 인간을 설명하기에 부족하다고 봤다. 누미노제, 이른바 성스러움을 제시하며 이성 너머 성스러움이 존재하고, 이 성스러움을 경험하는 게 인간이라고 보았다. 한국에도 번역되어 있는데, 《성스러움의 의미》에서 다루는 내용이다. 이후 윌리엄 제임스의 《종교적 경험의 다양성》이나 최근에 출간된 대커 켈트너의 《경외심》에 이르기까지, 그들은 이성으로는 설명할 수 없는 무언가를 말했다. 개인에게도 사회에게도 중요한 그 무언가 말이다.

성스러움을 느끼기 위해 꼭 기독교의 성령과 같은 종교적 개념을 끌고 올 필요는 없다. 거대한 자연 앞에 섰을 때, 텍스트이든 이미지이든 음악이든 뭔가로부터 엄청난 충격을 받았을 때, 우리는 충만함을 느낀다. 젊을 때 빠지기 쉬운 불타는 사랑, 이것도 나름 성스러운 경험이라 하겠다. 황홀경, 타자와 합일, 주체가 없어지는 감정. 이것은 이성 너머 차원의 문제다. 그 압도적인 감정 앞에서 우리는, 경건해진다.

자, 여기서 본론이다. 일본 사상가 우치다 타츠루의 도서관 예찬론이라 할 수 있는 책 《도서관에는 사람이 없는 편이 좋다》에서 경건해져야 하는 장소로 꼽는 곳이 바로 어딜까? 답은 제목에 나와 있다. 도서관이다. 왜? 세계는 미지로 가득한 곳이라는 사실에 압도당하기 때문이다.

무지를 깨우는 공간

채널예스 인터뷰어로서《에디톨로지》를 낸 김정운 저자와 이야기를 나눌 기회가 있었다. 그때 대화가 지금 나의 주말 풍경을 만들었다. 내용인즉슨 이렇다.

> "주말의 삶이 그 나라의 수준이다. 나만을 위해 보낼
> 시간이 필요하다. 그런데 한국인의 주말은 경조사로
> 바쁘다. 결혼식 가고, 장례식 간다. 관계 과잉이다."

시대가 지나면 변할 줄 알았는데, 대한민국의 주말 풍경은 참 안 변한다. 대부분은 결혼한 당사자들조차 다시는 꺼내 보지도 않을 결혼식 단체 사진 한 장 남기려고 결혼식에 간다. 집 근처 결혼식이라면 그나마 낫지만, 멀리 떨어진 결혼식장 에 가려면 이동하느라 하루를 다 쓴다. 토요일에 그렇게 하루를 쓰면, 일요일에는 피곤해서 뻗어 자야 한다. 서글픈 사실이지만 그렇게 해서 축하하러 간 결혼식에서 만난 사람들, 그 단체 사진 속 사람들 대부분은 결혼식 이후에 다시는 보지 않을 사이다. 생각해 보자, 당신의 주말은 어떤 시간으로 채워져 있나?

그렇다면 주말에는 어디로 가야 하느냐고? 도서관을 추천한다. 주말에 일하는 사람이라면, 다른 쉬는 날에 가면 된다. 요즘 도서관, 참 좋다. 도시 곳곳에 있다. 물론 여전히 도서

관이 부족한 지역도 있겠지만 도시에서는 도서관이 그리 멀지 않은 곳에 있다. 내가 사는 동네만 해도, 반경 1킬로미터 안에 3곳이나 있다. 같은 구에 있는 도서관이라 상호 대차 서비스도 된다. 보통 관심이 없으면 자기가 사는 동네에 무엇이 있는지 모르는 경우가 많은데, 필자도 주로 책을 사서 읽다 보니 몰랐다. 이렇게 도서관이 지척에 있다는 사실을. 분하지만 어쩌랴. 이제부터라도 자주 이용해야지.

특히 좋아하는 도서관은 김영삼 도서관이다. 김영삼 전 대통령을 기념한 도서관인데, 김영삼 대통령을 테마로 한 전시관도 마련되어 있어 아이들에게 근현대사를 알려 줄 기회가 된다. 그뿐만 아니라, 비교적 최근에 지은 건물답게 외관에서부터 내부 인테리어도 상당히 멋스럽고 쾌적하다. 실내 카페와 외부 테라스 공간도 있어 주말을 여유롭게 즐기기에 딱이다. 만약 내 어린 시절에 이런 건물이 있었다면, 모르긴 몰라도 좀 더 멋진 인간이 되지 않았을까. 요즘 세상에서 자라나는 아이들이 부럽다는 생각을 잠시 한다.

김영삼 도서관도 그렇지만, 우리 사회의 아이를 향한 관심을 반영하듯 요즘 도서관은 키즈카페를 연상하게 하는 알록달록한 공간들이 상당히 꽤 큰 구역을 차지하고 있다. 게다가 요즘 도서관에서는 자료 열람 도서 대여만 가능한 게 아니다. 저자와의 만남, 글쓰기 수업, 부모와 아이가 함께하는 그림책 만들기 등등 다양한 프로그램을 체험할 수 있다.

도서관마다 다르겠지만, 대부분 이달의 사서 추천 도서, 같은 컨셉으로 큐레이션도 제공한다. 어떤 책을 읽어야 할지 모르겠다면, 서점 못지 않게 도서관도 훌륭한 장소다. 도서관 행사에 자주 참여하다 보면 지역사회를 향한 애정도 생기고, 드물긴 하지만 동네 친구도 사귈 수 있다. 이렇게 좋은 도서관, 이용 안 하는 게 손해 아닌가. 우리나라 좋은 나라! 쓰고 보니, 꼰대 같지만 그럴 나이가 됐지 뭐.

　　브래디 미카코가 쓴 《인생이 우리를 속일지라도》에는 영국 정부의 영국 정부가 긴축으로 돌아서며 어른들마저 어린이 놀이방에서 책을 읽는 모습을 웃기면서도 슬프게 묘사한 장면이 있다. 식당이나 카페에 노키즈존을 운영하는 게 당연한 대한민국 사회에서, 아이와 어른이 함께 어우러질 수 있는 공간으로 도서관만한 곳이 없다는 생각도 든다.

　　아이들을 도서관에 풀어놓으면 신기한 일이 벌어진다. 사회심리학에서 강조하는 건 개인의 성격이 아니라 개인을 둘러싼 환경이다. 도서관에 가보면 성격심리학보다는 사회심리학에 한 표를 던지고 싶다. 우리 아이들도 집에서 평소에 그다지 책을 읽는 편은 아닌데, 도서관에 가면 책을 열심히 탐색하고, 그 사이에서 읽고 싶은 책을 꺼내 온다. 성인도 마찬가지다. 읽고 싶은 책이 없고 요즘 나오는 책들은 다 시시하다고 말하는 당신, 도서관에 가 보라. 앞서도 썼는데, 우치다 타츠루는 도서관이란 나의 무지가 가시화되는 공간이라고 했다. 도서관에는 수없이 많은 책이 존재한다. 이중에서 내가 읽은 책은 극히 일부다.

아무리 똑똑한 인간일지라도 여전히 읽은 책보다는 안 읽은 책이 많고, 아는 것보다는 모르는 게 많다. 이러한 무지를 깨닫게 해 주는 곳이 바로 도서관이다.

표현을 조금 바꿔 보자. 도서관은 무지의 가시화만이 아니라, 무기력을 활력으로 바꿔주는 힘도 있다. 주변에 한둘은 세상 다 살아본 듯, 삶이 너무 재미없다는 말을 달고 사는 사람이 있다. 이런 사람에게도 도서관을 추천한다. 도서관에는 아직 당신이 겪어 보지 않은 세계가 무궁무진하고, 그 속에 즐거움과 경이가 있다는 사실을 수많은 책이 증명해 준다.

때로는 삶이 보물찾기라고 생각한다. 예상하지 못한 곳에서 보물을 발견하면 기쁘다. 그러나 그 시간은 짧고, 보물을 발견하지 못하는 시간은 길다. 그 시간이 길어지면 괴롭기도 하다. 어린 시절 보물찾기 꽤나 해 봤다면 알겠지만 보물을 찾았다고 해서, 그 보물이라는 게 거창하지는 않다. 스케치북, 펜이나 지우개 등이다. 요즘 아이들에게 주어지는 보물 품목은 더 좋아졌을지 모르겠지만, 그렇다고 해도 막 강남 집 한 채라거나 현대 제네시스 차량을 줄 것 같진 않다. 그런 점에서 도서관이라는 공간은 보물찾기 난이도가 낮고, 즐거움도 큰 공간이다. 예상하지 못한 곳곳에 멋진 책이 즐비하다. 행복은 크기가 아니라 빈도라고 했던가. 멋진 저자를 발견한다고 해서 살림살이가 현격히 나아지진 않지만, 소소한 즐거움이 끊이지 않는 곳, 그곳이 도서관이다.

《지금도 책에서만 얻을 수 있는 것》을 쓴 김지원 기자님과 책에 관련하여 대화를 나눌 자리가 있었다. 그때 이런 말씀을 하셨다. 도서관이란 '지적인 교통사고'가 빈번히 발생하는 곳이라고. 길을 잃기도 하고, 새로운 길로 들어서기도 한다. 수많은 책 속에서 걷다 보면 몰랐던 저자나 책을 발견하는 일은 아주 흔하게 발생한다.

이러한 마주침은 서점에서도 가능하긴 하나, 도서관은 상업성에서 상대적으로 자유롭다는 장점이 있다. 특히 국회도서관이라든지 국립대 도서관은 방대한 장서를 구비하고 있어, 판매가 부진하여 서점에서는 볼 수 없는 책도 만날 수 있다. 서점에서 품절, 절판이라 표기된 책을 마지막으로 만날 수 있는 곳이 도서관이다. 만약 도서관에도 없다면, 그 책은 정말 죽은 거다.

도서관은 책이 세상을 뜨기 전 마지막 안식처다. 책의 죽음에 관해 이야기해 보려 한다. 출판 쪽에 관심 없는 사람 중 대부분은 책은 원하면 그냥 살 수 있는 상품으로 생각하기 마련이다. 그도 그럴 것이 늘 읽히는 《데미안》이나 《코스모스》 같은 베스트셀러는 쉽게 구할 수 있다. 그렇지만 절대 다수의 책들은 재쇄조차 못 하고 사라지며, 재쇄되는 책들 역시 대부분 생명력을 잃는다. 혹시 사고 싶은 책이 있는데 살까 말까 망설여진다면, 일단 사고 보는 것이 좋다. 다시 구하기 어려울 수 있기 때문이다.

책 읽는 이들의 성지

도서관의 매력 중 또 하나는 책 읽기 가장 좋은 장소라는 사실이다. 행복한 삶을 위해 공간의 중요성을 강조한 《공간 혁명》이라는 책이 있다. 이 책에서는 지루한 건축과 생기 넘치는 건축을 대비하며 공간이 인간에 미치는 놀라운 영향력을 여러 실험과 연구 결과로 보여준다.

이 책에 따르면, 층고가 높은 공간일수록 사람들은 창의적으로 생각하고 추상적인 개념에도 덜 잘 반응한다고 밝힌다. 우리 대부분이 무의식적으로 안다. 책을 읽기 위해서, 작업을 하기 위해서 근처 카페를 찾는 건 방 안에서는 집중이 되지 않기 때문이다! 드러눕고 싶은 욕망도 강하고 말이다.

그리고 하나 더, 바로 동조 압력을 도서관에서 느낄 수 있다. 《집단의 힘》이라는 책에서는 금연과 같은 목표를 달성하기 위해서 함께 하지 않더라도 집단 속에 드러나는 게 유리하다고 지적한다. 우리는 사회적인 동물이다. 도서관에 가면 책 읽는 사람들밖에 없다. 그곳에 억지로라도 앉으면, 나도 모르게 집중하게 된다. 물론 요즘 일부 대형 서점에서도 책 읽는 공간을 따로 마련해 놓는다지만, 도서관에 비할 바 아니다. 책은 본질적으로 책을 사는 곳이고, 도서관은 책을 읽는 곳이다.

한편 도서관에서 맡을 수 있는 특유의 향도 가슴을 움직인다. 새 책에서는 맡을 수 없는 향, 다른 사람이 책을 읽은 흔적, 이런 요소도 도서관이 품은 매력이다.

마지막으로 도서관이 서점과 다른 점이자 가장 큰 장점은, 무료라는 사실이다. 무료로 앉아서 책을 볼 수 있고, 무료로 빌릴 수 있다. 지역마다 도서관마다 다르겠지만, 내가 이용하는 동작구 도서관에서는 한 번에 빌릴 수 있는 책이 5권이고 기간은 2주다. 이 정도 양이라면, 충분하다. 내가 원하는 책이 없다면, 도서관에 신청하면 갖춰준다. 혹시 이 책이 아직 이 글을 읽고 있는 독자 분께서 사시는 지역 도서관에 없다? 다른 지역민을 위해 꼭 신청해주시길 바란다. 이 책이 잘 돼서 도서관 강연장 위에 서고 싶으니까.

좋은 정보 떠먹여 드립니다

이 책을 사서든, 도서관에서 빌려서든 혹은 서점에 서서 살까 말까 고민하며 들춰보든, 여하튼 지금 이 페이지를 읽고 있는 사람은 아마도 책을 고르는 스스로의 기준이 있을 확률이 높다. 수십 만 부 팔릴 책이 아니므로 이런 책을 발견한 사람이라면, 평소 책에 어느 정도 관심이 있고, 신간 소식을 어떤 통로로 접할지에 관해 알고 있을 테다. 아마도 많은 독자가 앞서 언급한 도서관이나 서점에서 출간 정보를 얻었을 것이다. 이번 장에서는 그 외에 책 소개를 얻을 수 있는 다양한 통로에 대해 이야기해 보려 한다.

가장 먼저 '신문'을 꼽고 싶다. 개인적으로 가장 신뢰하는 출처이기도 하다. 아니, 21세기에 웬 신문이냐고, 아직도 종이 신문을 읽는 사람이 있냐고 할 사람이 대부분이겠지만 생각해 보자. 당신은 뉴스를 어디서 읽는가? 인터넷이라고? 좋다. 그 인터넷에서 얻는 뉴스의 근원은 어디인가? 인터넷 신문도 있겠지만, 종이신문을 발행하는 소위 말하는 메이저 신문에서 생산한 뉴스가 오늘날에도 사람들이 정보를 얻는 주된 통로다.

세상이 아무리 기자를 기레기라 폄하해도 사회 문해력과 리터러시를 다루는 최일선을 담당하는 게 기자다. 이해 관계가 부딪치는 첨예한 사안에 관해 이해하고 분석하여 대중에 전달하는 일을 담당하는 게 기자다. 기자가 되기 위해서는, 특히 경쟁이 더 치열한 메이저 신문사 기자가 되기 위해서는 다양한 분야의 지식과 종합적인 판단력, 생소한 분야를 빠르게 이해할 수 있는 기지가 필요하다. 이러한 기자들이 인상 깊게 읽은 책, 우리 사회에서 좀 더 널리 알리고 싶은 책이라면 좀 더 믿을 만하지 않을까?

특히 인터넷면이 아니라, 신문의 얼굴이라 할 수 있는 종이 신문 지면에 오른다면 더더욱 눈길이 간다. 백 퍼센트라고 보증할 수는 없으나, 어쨌든 종이신문에서 소개하는 책은 실패할 확률을 덜어 준다. 왜 다들 겪은 적 있지 않나, 책 제목과 소개 문구에 낚여서 샀는데 별로인 경우. 종이신문은 이런 실패를 좀 덜 수 있다. 책을 만들고 많이 판매해야 하는 출판사에서 만든 소개글보다는, 제삼자 입장에서 읽은 기자의 서평에서 좀 더 객관적인 평가를 기대할 수 있어서다.

기억하자, 매주 토요일

또한 종이신문을 발행하는 신문사는 매주 토요일에 일제히 책 지면을 발행한다. 나 역시 평소에는 종이신문을 읽지 않지만, 매주 토요일 신문은 꼭 챙겨 본다. 요즘 신문값은 1,000원이다. 지하철 요금보다 저렴하다. 책은 읽고 싶은데, 어떤 책을 봐야 할지 모르겠다면? 게다가 토요일이라면 가판대에 가서 종이신문을 한 부 사자. 아, 물론 요즘 신문 파는 가판대가 잘 없긴 해서, 정기구독이 아니라면 신문 구하는 게 쉽지 않은 세상이긴 하다.

토요일 종이신문을 샀다면 목표로 한 책 지면을 펼쳐 보자. 한눈에 해당 주간에 나온 신간 정보를 확인할 수 있다. 그 신문사에서 미는 책은 크게 소개되고, 그렇지 않은 책은 단신으로 처리하는데 신문사마다 어떤 책을 더 비중 있게 소개하는지도 재밌게 볼 수 있는 지점이다.

다만 종이신문이 모든 분야의 책을 두루 다루진 않는다. 언론사마다 좋아하는 책 분야가 있기 때문이다. 기자가 책을 다루는 방식도 일반 독자와는 조금 다르다. 기자에게 단신이든, 서평이든 책에 관한 글은 언론사가 제작하는 뉴스이기에, 뉴스가 가져야 할 조건을 고려한다. 즉, 시의성이 중요하다는 의미다. 사회에서 관심이 있는 사회 현안에 관한 사회정치, 역사, 경제 등 성인 단행본 책이 주로 신문 지면에서 다뤄진다.

그에 비해 소설이나, 에세이, 가정생활이나 건강과 취미 쪽 분야 책은 뉴스감이 되지 않는 한 신문 지면에 오르기는 쉽지 않은 편이다.

종이신문을 발행하는 신문사에서 토요 지면을 생략하고 책에 관한 이야기를 뉴스레터로 대체하는 경우도 있다. 바로 경향신문이다. 경향신문은 '인스피아'라는 뉴스레터로 독자들에게 책 소식을 알리고 있다. 여러 기자들이 신간 여러 권을 소개하는 형식에서 벗어나서 한 주제에 관해 다각도에서 다루며 김스피(김지원) 기자 홀로 기획 발행하고 있다.

출판사에서 발행하는 뉴스레터도 신간 소식과 책을 둘러싼 다양한 이야기를 접할 수 있는 통로다. 대한민국의 대표 문학 출판사인 민음사, 문학과지성사를 비롯해 사회과학 출판사인 오월의봄, 마티 등이 개성 있는 뉴스레터로 독자와 소통하고 있다. 해당 출판사들의 공통점은, 아 이 책은 역시 여기서 나올 만한 책이구나 싶을 정도로 출판사의 지향이 뚜렷하다는 점이다. 특히 오월의봄과 마티는, 많은 출판사가 어느 정도 규모가 크면 종합 출판사로 변하는 경향이 있는 데 반해 꿋꿋하게 자신만의 길을 걷고 있는 멋진 출판사다. 그들을 지지하는 팬덤도 확고한 편인데, 나 역시 두 출판사의 뉴스레터를 받아보고 있다.

내가 일하는 예스24에서도 매주 수요일에 뉴스레터를 발행한다. '인문 위클리 레터'라고 이름 붙이고 신간과 구간, 서점의 이벤트 소식을 전한다. 운영자의 개인적인 이야기와 함께 발행 시기의 사회적 현안에 관해 함께 읽기에 좋을 책을 소개하는 메일이다. 아직 한 번도 안 받아 보셨다면 예스24에 로그인하셔서 '마이페이지' → '이메일 수신 동의'를 체크하면 된다. 무료다.

그래서 어떤 책을 읽을 건데

"읽을 책을 어떤 기준으로 선택하세요?" 사실 지금껏 살아 오면서 받은 적 없는 질문이다. 만약 누군가 이렇게 묻는다면 난감할 것 같다. 그럼에도 좀 더 나의 독서 경향을 찾아보자면, 어릴 때는 재밌는 이야기 위주로 찾아다녔다. 소설을 많이 읽었다. 학생 시절, 돈은 없고 시간은 많기에 가성비를 좇았다. 세계문학은 저렴했다. 문학성 높다 평가받는 문인들의 작품을 읽다가, 점차 그들이 영향받은 사유 체계나 사상가로 눈을 돌렸다. 좀 더 공부해 보고 싶다는 생각에 인문학부로 진학했다. 대학 때부터는 막연히 재미로만 책을 정한 건 아니다. 수업에서 읽어야 하는 책 반, 읽고 싶어서 읽는 책 반, 이런 식으로 책을 읽어 나갔다. 돈이 없었기에, 꼭 소장하고 싶은 저자의 책 말고는 주로 빌려 읽었다.

얼결에 책으로 먹고 사는 직업을 택하면서, 읽어야 하는 책과 읽고 싶은 책이 반반을 차지하는 삶이 계속됐다. 저자 인 터뷰가 주된 일이었던 채널예스 담당 시절에는 읽어야 하는 책을 읽었고, 짬짬이 대학 때 미처 못 끝낸 종교학이나 사회학 분야 책을 읽어나갔다. 학생 때나, 직장인 시절이나 둘이 별개 는 아니었다. 읽어야 하는 책을 읽다 보니, 읽고 싶어지게 만 드는 저자가 다수였다. 책이란, 이래서 좋다. 웬만해서 책 대부분은 훌륭하다. 특히나 학계의 검증을 끝낸 대학자의 책들 말이다.

다시 원래 질문으로 돌아가서, 그래서 대체 어떤 책을 읽어야 하냐고 묻는다면 이렇게 답하고 싶다.

"당신이 지금 현재 안고 있는 고민을 구체적으로 정의해 보세요."

삶은 문제투성이다. 우리는 이 문제에 대한 답은 찾아야 한다. 삶에 아무런 문제가 없다고? 그렇다면 아마 무료한 게 문제일 수도 있겠다. 그럴 때는 개인적으로는 미스테리 소설만 큼 재밌는 게 없긴 했는데, 개인 취향 따라 끌리는 책이 다른 지라 뭐라 드릴 말씀은 없다. 철학자 루트비히 비트겐슈타인은 수학 문제를 풀며 황홀경을 느꼈다 하는데, 세상에는 비트겐슈타인 같은 인간도 있을 수 있으니까. 심심한 시간을 채우는 독서란, 개인마다 몹시 다른 게 아닐까.

　너무 심심하다는 고민을 제외한다면 대부분의 사람들이 뭔가 하나 정도는 문제가 있을 것이다. 마음이 심란할 때, 돈이 부족할 때, 가족 관계가 힘들 때, 아이 키우는 게 어려울 때, 직장 상사 뒤통수를 때리고 싶을 때 등등. 그런 분야마다 전문가들이 있기 마련이다. 지식인을 향한 권위가 박살 난 지금이지만, 그래도 나는 아직 학계 권위자를 믿는 편이다.

소란한 세상에서 나를 찾는 시간

책 고르는 방법, 책 읽는 방법에 관해서는 《닥치는 대로 끌리는 대로 오직 재미있게 이동진 독서법》에서 이렇게 말했다. 닥치는 대로 즐겁게 읽으라고. 누구에게나 통하는 특별한 독서법이란 없다고 저자 이동진은 고백한다. 손민규가 이동진보다 뛰어나지 않다. 이동진의 말을 들으면 된다. 책을 좋아하면, 닥치는 대로 골라 읽게 된다.

　요즘은 크게 주목하지 않는 개념이긴 한데, '소외'라는 단어가 20세기에는 꽤 자주 논의됐다. 최근에는 소외보다는 고독이라든지 고립이라는 단어를 좀 더 선호하는 듯하다. 소외 개념과 관련해서는 크게 세 인물이 떠오른다. 먼저 마르크스다. 마르크스는 근대 사회에서 노동자는 계급적으로는 생산수단으로부터, 분업 체제에서는 생산물로부터 소외된다고 보았다. 이러한 진단은 주체 개념과도 이어지는데, 소외된 노동자는 주체일 수가 없다는 의미다.

한편 프로이트는 색다른 관점에서 '소외'에 관해 통찰력을 준다. 프로이트가 골몰했던 '무의식'이라는 개념이 많은 사람들이 스스로 소외되는 현상을 이해하는 데 도움을 주는 까닭이다. 마르크스와 프로이트를 종합하려 했던 프랑크푸르트 학파의 에리히 프롬은 소외를 극복하려면 자본주의 체제에서의 계급 관계도 중요하다 봤지만, 우리 스스로 주체성을 되찾아야 한다고 주장했다. 단적으로 말해서, 나는 내가 무엇을 원하는지 무엇이 되고 싶은지를 깨우쳐야 한다는 말이다.

독서야말로 소외를 극복하기 위한 최적의 도구라는 말을 새삼 할 필요가 있을까. 인류는 축의 시대 이후 보다 높은 존재로 나아가기 위해 책이라는 수단을 선택했다. 유럽에서는 코덱스라는 형태로 책이 개선되고, 금속 활자 주조기술의 발명이 종교개혁으로 이어졌다. 아시아에서는 유교와 불교 경전이 책이라는 형태로 문명을 추동했다. 《잘라라 기도하는 그 손을》에서 일본 비평가 사사키 아타루가 그토록 반복하며 강조하는 게 바로 책의 혁명성이다.

"책은 우리 내면을 일깨우는 역할을 무려 2천 년 넘게 담당해 왔다."

대중사회가 열린 지금, 나와 같은 필부가 책의 혁명성을 얘기하는 건 다소 과하다는 사실은 안다. 그럼에도 불구하고 독서는 내가 누구인지, 어떻게 살아야 하는지, 무엇으로터 감동받을 수 있는지를 알려 주는 가장 훌륭한 수단이다. 인문학, 사회과학, 자연과학 분야 거장이 쓴 책으로 세계를 바라보자. 아무리 거대 서사가 끝났다고 하지만 여전히 우리는 힘 있는 필체로 우리 사회의 모순을 드러내는 비평가로부터 우리 사회가 나아가야 할 방향을 고민해 볼 수 있다. 가라타니 고진이 근대 문학은 끝났다고 했지만, 여저히 노벨 문학상은 매년 발표하는 중이고 벅찬 감동을 주는 문학 작품은 지금 이 순간에도 태어나고 있다. 종이책 예찬이 다소 철 지난 이야기 아니냐고?

현대 미디어 환경에서 강력한 영향을 행사하는 유튜브를 생각해 보자. 연예인의 가십을 퍼나르는 사이버렉카, 검증되지 않은 동기부여 전문가, 흥미 위주로 편집된 밀리터리 채널, 정치적 양극화를 부추기는 정치 유튜브, 19금 성인물 영상의 조회수가 높다. 조회수가 높다는 말의 의미는, 해당 영상이 알고리즘 추천으로도 많이 뜬다는 의미일 테다.

물론 책 중에도 양서 말고 질 낮은 책도 있지만, 인터넷 공간에 비할 바는 아니다. 우리 대부분 한 번쯤은 겪어 보지 않았나. 유튜브 알고리즘 추천으로 몇 시간을 날린 뒤 현타가 세게 온 경험. 맞다, 내 경험이기도 하다. 연예인에 관한 검증되지 않은 소식, 스포츠 하이라이트를 끊임 없이 보다가 일요일 밤을 보내곤 세상에서 가장 두려운 월요일 오전을 맞이한 찝찝한 경험. 이런 경험을 몇 번 겪고는 의도적으로 휴대폰보다는 책을 주변에 두려 노력한다. 비단 나만의 경험도 아니다.

《인스타 브레인》, 《불안 세대》 등 스마트폰이 열어버린 판도라의 상자를 경고하는 책은 쉽게 찾을 수 있고, 현재 각국에서 최소한 청소년에게만은 휴대폰 사용을 제한하려는 움직임이 일어나고 있다. 이 글을 쓰는 지금, 딥페이크라는 엄청난 괴물의 등장으로 인스타그램이 10대의 가입을 제한한다고 한다. 긍정적인 변화다.

그런데 어른들은 휴대폰만 보면서 아이들에겐 책 읽으라고 강요한다? 아니 될 일이다. 책, 책, 책을 읽읍시다. 어떤 책을 읽어야 할지 모르겠다고? 그럼 무려 이제부터 본론 시작이다. 독서 경력 도합 30년, 서점 경력 15년 손민규의 꽤나 주관적인 책 잘 고르는 법으로 안내한다.

종이책이냐 전자책이냐, 당신의 선택은?

지구에 존재해 온 다양한 생물 중 인간이 최상위종이 되기까지의 역사를 다룬 유발 하라리의 《사피엔스》를 읽어 본 적이 있는가. 여러 주제를 다루고 있지만, 이 책에서는 인간이 다른 맹수를 정복할 수 있었던 이유를 '상상할 수 있는 능력' 때문이라고 말한다. 특히 경쟁자였던 네안데르탈인보다 유리했던 유일한 점은 '허구'를 만들어 내고 믿을 수 있는 능력이었다. 허구를 정보로 만들고 이를 설득시키는 과정. 그는 정보가 진실이냐 거짓이냐의 문제가 아니라 서로를 연결하는 기제로써 작동하는지 점이 더 중요하다고 본다.

네안데르탈인에 비해 호모 사피엔스에는 가족이, 마을이, 나라가 그리고 나아가 인류가 하나라고 생각할 수 있는 능력이 있다. 사실 우리는 저마다 다른 존재인데 말이다. 집단을 하나로 상상할 수 있는 능력! 이러한 유발 하라리의 관점은 최근에 발표한 《넥서스》에서도 이어진다. 이런 논의에 관해 좀더 궁금하신 독자라면 민족주의 연구 쪽에서는 고전 중에 고전인 베네딕트 앤더슨이 쓴 《상상된 공동체》라거나 프랑스 사회학자 뒤르켐의 저서를 추가로 읽어 보길 권한다.

어쨌든 뭉치면 살고 흩어지면 죽는다고 대한민국의 한 대통령도 말했다. 물론 그 대통령은 한강 다리를 끊고 도망쳤지만. 다시 어쨌든, 현생 인류는 뭉칠 수 있기에 살아남을 수 있었다. 네안데르탈인에 비해 내집단으로 상상할 수 있는 규모가 컸고 이는 곧 집단의 규모를 성장시켰다.

현재 도시나 나라 인구 규모는 우리의 선조 호모 사피엔스 때에 비해서 엄청나게 커졌다. 부족 정도의 집단을 구성할 수 있는 힘이 호모 사피엔스 유전자에 내재화되어 있다 하더라도, 만 명 심지어 억 명 단위를 하나의 공동체라고 상사할 수 있는 힘은 어디에서 나올까? 바로 대에서 대를 이어 내려오는 지식이다. 곧 교육이다. 그렇다면 교육의 핵심은 무엇일까? 여전히, 교육의 핵심 기제는 책이다. '책'이 호모 사피엔스의 현재를 있게 했다.

부족국가에서 고대국가로, 때로는 제국으로, 절대왕정에서 근대 민주정으로 이행하는 데 인류의 상부구조인 세계관은 주요한 역할을 했다. 이를테면 아시아의 유교라든지, 인도의 불교, 유럽의 기독교 등이 통치 체제와 개인 윤리로써 기능했다. 이 세계관은 '경전' 형태로 전승됐다. 성경, 불경, 사서삼경 등이 그렇다. 이 시기 책은 두루마리 형태였고 이 시기 독서는 묵독이 아닌 낭송 형태였다.

전근대 시대까지만 해도 지식은 대량생산 대량소비가 불가능했다. 그러다 현재 우리가 보는 형태, 그러니까 코덱스가 등장한다. 코덱스는 인류가 어떻게 하면 보다 효율적으로 쓰고 읽을 수 있을지에 관한 결과물이었다. 오늘날 전자책도 기본적인 구조는 코덱스의 형태를 그대로 이용한다. 이러한 코덱스는 두루마리 형태에 비해 여러 가지 장점이 있다. 첫째, 부피가 줄어 휴대성이 개선됐다. 둘째, 쉽게 읽을 수 있다. 게다가 여백을 활용해 메모하기도 적합하다. 셋째, 텍스트 내에서의 이동도 자유롭다. 어떤 부분으로 돌아가거나 다른 부분으로 건너뛰기가 편하다. 전자책이 종이책 기능의 대부분을 구현했다 하더라도, 텍스트 내 이동에서만큼은 여전히 종이책에 비해 불편하다. 수백년 동안, 부분적인 개선은 있었을지언정 코덱스를 이용해온 인류의 학문과 교육은 큰 틀에서는 그렇게 바뀌지 않았다.

지금도 마찬가지다. 전자책이 처음 시장에 공개될 때의 열광과 환호를 기억한다. 예스24 신입사원 시절, 전자책 테마로 묶인 회사들이 상한가를 치는 걸 목도했다. 정작 당시 직원들은 의아해 했다. 전자책 사업을 준비하고 있었지만, 회사의 기본적인 비즈니스 모델의 급진적 변경은 없었고 회사의 실적 역시 상한가를 칠 정도는 아니어서다.

당시 사람들은 미래에는 책이라는 보통명사를 전자책이 차지하리라고 예상했었다. 그러니까 책이라고 하면, 휴대폰이나 단말기로 읽는 형태이고 물성이 있는 책은 '종이책'이라고 별도로 호명하는 사회가 올 거라는 말이다. 지금은 그렇게 바라보는 사람을 찾아볼 수 없다. 물론 웹소설, 웹툰 쪽은 다르긴 한데 우리가 일반적으로 성인 단행본이라 일컫는 소설, 인문학, 사회과학, 자연과학 쪽 책이 전자책으로 대체될 가능성은 거의 없다. 우리만 아니라 다른 나라도 마찬가지다. 종이책 시장은 여전히 크고, 출판사의 매출도 종이책에서 나온다.

물론 책의 형태가 다양해졌다는 사실은 부정할 수 없다. 20세기만 해도 책의 사전적 정의에는 종이라는 속성이 중요했다. 책이란 무조건 종이에 활자가 인쇄된 물질이었다. 21세기 책의 물성은 종이만을 의미하진 않는다. 전자책과 오디오북도 책인 시대다. 전자책을 즐기는 방식도 여러 가지다. 스마트폰에서 전자책 앱을 통해 읽기도 하고, 전자책 단말기로 읽는 사람도 있다. 그리고 아주 극소수는 PC로 읽기도 할 테다. 구매 방식에 따라서도 여러 가지가 있다. 한 권, 한 권 구매해서 읽을 수 있다. 음원 스트리밍 방식처럼 월 정액제로 여러 가지를 읽는 방법도 있다. 그리고 기업이나 공공기관에서 제공하는 전자책 도서관에서 무료로 전자책을 빌려 볼 수도 있다. 물론 모든 책을 월 정액제나 전자책 도서관에서 이용할 수 있는 건 아니다.

종이책 시장이 둔화하는 반면, 전자책 시장은 꾸준히 성장 중이고 나 역시 체감한다. 인스타그램 피드에서 예전보다는 독서 인증을 종이책이 아니라 전자책 표지 화면으로 하는 게시글을 점점 자주 보게 된다. 그렇다고 전자책이 종이책 시장을 넘거나 대체하지는 않으리라 생각한다. 적어도 내가 살아 있는 동안에는 말이다. 우선, 나부터 종이책을 좋아한다. 그것도 압도적으로.

종이책의 매력으로 물성을 꼽는 사람이 있다. 책을 만질 수 있다는 장점, 책장에 꽂을 수 있다는 장점 말이다. 사람에 따라서는, 종이 냄새를 좋아한다는 경우도 있다. 양장이냐, 무선이냐. 표지의 재질을 어떤 걸 쓰느냐. 본문 종이를 어떻게 쓰느냐에 따라 책이 건네는 느낌이 달라진다. 종이책만이 지닐 수 있는 장점이다.

솔직히 고백하자면, 나는 그렇게까지 예민하거나 감각적인 사람은 아니다. 책의 물성 때문에 종이책을 선호하진 않는다. 책장에 꽂혀 있는 책들을 보며 스스로 흡족하는 편도 아니다. 그보다는 언제나 부족한 공간, 터져 나가는 책장을 안쓰럽게 보며 매주 어떤 책을 재활용 쓰레기로 버려야 할까 고민하는 평범한 서민이다. 독서는 매우 저렴한 취미이나 땅값 비싼 대한민국 수도권에서 책을 소장하는 취미는 몹시 값비싼 취미니까.

그보다 내가 전자책보다 종이책을 선호하는 이유는 종이책이 몰입하기에 최고로 좋은 수단이라서다. 인류가 만들어 낸 발명품 중에 시대가 지나도 더 개선하지 못하는 게 책이다. 마차, 기차, 자동차, 비행기 등 탈것은 꾸준히 진화했으나 지식을 넣는 수단으로써 책은 과거나 지금이나 형태 그 자체는 크게 달라진 게 없다. 그도 그럴 것이 《집중력 설계자》라는 책에서도 다루듯, 우리보다 훨씬 더 집중력이 중요했을 과거 수도자들이 자신들의 인격 수양 수단이자 지혜를 개발할 용도로 최적화해서 만들어 낸 것이 바로 오늘날의 책 꼴이니까. 주석이라든지, 여백이라든지 현재 우리가 이용하는 종이책은 《축의 시대》 이후 지식을 어떻게 보관하고 전달할지를 고민해온 사람들이 오래 고민한 결과물이다.

이렇듯 인류가 발명해 낸 최고의 집중력 기계 장치에 익숙하다 보니, 전자책 단말기를 서너 대 정도 이용하고 그 단말기로 여러 권의 책을 사서 읽으니 불편했다. 집중하기도 어려웠다. 사건과 인물의 감정선을 쭉 따라가면 되는, 상대적으로 단순한 서사 구조의 소설이라든지 편하게 자신의 이야기를 건네는 에세이 정도는 읽는 데 큰 무리가 없었지만 인문학 책이나 사회과학, 역사 쪽 벽돌책을 전자책으로 읽는다는 건 말도 안 되는 소리였다. 주석 기능이야 이전보다 많이 발전해서 편해졌다 쳐도, 읽어 가며 이해가 안 될 때는 이전 페이지로 돌아가야 하는데, 그 페이지가 심적으로는 기억나지만 정확히 몇 페이지 모를 때 손가락으로 휙휙 넘기는 그 속도를 전자책은 따라갈 수 없었다. 그리고 무엇보다 일단, 잘 읽히지 않았다.

"아니, 당신은 종이책으로 공부해 온 사람이라 그런 거 아니오, 태어날 때부터 휴대폰과 전자 기기에 익숙한 젊은 사람들의 읽기 경험은 다를 수 있잖소?"라고 물으신다면, 매리언 울프가 쓴 《다시, 책으로》로 답하겠다. 이 책이 입증하듯 세대별 선호하는 읽기 도구별로 정도의 차이는 있을지언정 젊은 세대조차 전자책보다는 종이책을 더 선호한다. 전자책보다 종이책이 학습에, 이해에 더 효과적이라는 증거다. 독서 경험에 관한 책은 아니지만, 대니얼 T. 윌링햄이 쓴 《공부하고 있다는 착각》의 지적도 주목할 만하다. 학생들이 노트북이나, 패드 등으로 필기를 하고 오디오로 녹음해서 공부하는 습관은 아날로그 방식의 손글씨 필기보다 학습 효과가 떨어진다. 다양한 이유가 있지만, 일단 노트북, 스마트폰, 패드 등을 쓸 때는 멀티 태스킹의 유혹을 뿌리치기 힘들다고 한다. 전자책도 비슷한 문제가 있다. 독서에서 이탈하기 쉬운 게 종이책보다는 전자책이다.

미래는 모르는 일이긴 하다. 종이 값이 지나치게 높아져서 전자책만 나오는 시대가 될 수도 있다. 미국에서는 제작비 문제로 이미 대학교재 중심으로 전자책만 나오는 사례가 늘어나고 있다고 한다. 나라에서 교과서를 종이책으로 만들지 않고 에듀테크로 구축한다면, 아주 미래 세대는 종이책을 낯설어 할 수도 있다고 생각한다. 하지만 아직은, 전자책이 종이책을 대체할 가능성은 없어 보인다.

책 세계 여행자를 위한 안내 가이드

2장

읽는 근육을 빨리 키우고 싶다면
[소설]

책을 펴면 시선이 활자에서 미끄러지기만 하고 여러 번 읽어도 도통 내용이 이해되지 않는 경험이 있지 않나? 당연하다. 스마트폰 때문이 아니다. 집중력을 도둑맞아서가 아니다. 원래 책을 읽는다는 행위에는 고도의 집중력이 필요하다. 매리언 울프가 쓴 《다시, 책으로》를 보면 인간의 읽기 능력이란 선천적으로 주어진 게 아니고, 어렵사리 획득하더라도 꾸준히 연마하지 않으면 잃어버린다는 걸 알 수 있다. 굳이 저 책의 논지를 빌려 오지 않아도, 읽기에도 근육이 필요하다.

운동이든 게임이든 외국어든 꾸준한 단련과 연마는 필수다. 독서라고 예외가 아니다. 한국인 최초 동아시아 여성 최초로 노벨 문학상을 받은 한강 작가님께서도 매일 조금이라도 책을 읽는다고 한 인터뷰에서 밝힌 바 있다. 과연 노벨 문학상 수상자다운 루틴이다! 뭐라도 조금씩 꾸준히 읽어야 읽는 데 속도가 붙는다. 속도가 붙어야 읽을 맛도 난다. 아니, 역이 오히려 진리다. 읽는 재미를 느끼면, 읽을 수밖에 없고 많이 읽다 보면 속도가 붙는다.

책 한 권이면 충분한 이야기 여행

개인마다 차이는 있겠지만 나에게 읽는 즐거움을 안겨준 분야는 소설이다. 소설은 이야기다. 책 한 권 읽지 않는 사람도 영화나 드라마는 볼 테다. 이야기니까! 독일 철학자 칸트는 우리의 이성이 세상을 인식하게 해 준다고 하는데 부언해야겠다. 《세상은 이야기로 만들어졌다》에서 가리키듯 우리의 이성은 이야기를 바탕으로 세상을 해석한다.

　모든 게 이야기다. 우리는 스토리가 있는 사람에, 사건에, 공간에 끌린다. 소설만 이야기를 전달하는 장르는 아니다. 영화도, 드라마도, 웹툰도 이야기를 담는다. 장르별 장르마다 특장점이 다르다. 이를테면 영화나 드라마는, 소설이라면 한두 쪽에 걸쳐 묘사해야 할 장면을 배우의 연기 한 컷으로 전달할 수 있다. 특히 배우의 카리스마가 뛰어나다면 효과는 배가 된다. 그렇지만 나는 영화나 드라마보다는 압도적으로 소설을 선호하는 편이다. 개인 취향에 관해 좀 더 말해 보자면, 영화는

1년에 한 편도 안 볼 때가 허다하고, 드라마도 넷플릭스가 한창 유행할 때 '오징어 게임' 정도 본 게 다다. 왜냐하면, 소설이 접근하기 편하니까.

"소설은 그냥, 책장에 꽂혀 있는 책을 들고 읽으면 된다."

물론 이렇게 하기 위해서는 도서관에서든, 서점에서든 책을 구해 놓고 책장에 꽂아야 한다는 예비 작업이 필요하긴 하다. 그에 비해 영화나 드라마를 생각해 보자. 영화관에 영화 보러 가는 작업이야 말할 것도 없고, 집에서 영상을 본다고 해도 TV든 휴대폰이든 디스플레이 기기가 필요하다. 그 기기를 작동하기 위해서는 전원이 갖춰져야 하고, OTT로 본다면 앱 설치, 요금제 관리 등 신경 써야 할 게 한둘이 아니다. 이런 스마트폰에 익숙한 사람에게는 크게 불편하다 못 느끼겠지만, 곰곰이 생각해 보면 휴대폰에서 이야기를 즐기는 행위가 종이책을 읽는 행위보다 편하다고는 할 수 없을 테다. 일단 나는, 종이책이 더 편하다.

다음으로 소설을 영화, 드라마보다 선호하는 이유는 함께 걸을 수 있어서다. 무슨 말이냐 하면, 소설은 내가 읽고 싶을 때 읽고 그만하고 싶을 때 그만할 수 있다. 물론 OTT도 마찬가지긴 하지만, 영상은 멈추고 이전 장면으로 돌아가기가 쉽지 않다. 가능이야 하겠지만, 아무래도 영상을 감상할 때와 종이

책을 읽을 때의 뇌 회로가 다르다 보니, 깊이 생각하며 이야기를 따라가기에는 종이책이 유리하다. 인물 간 관계도가 헷갈리거나, 깊이 음미하고 싶은 장면이 나오면 쉴 수 있다. 그리고 다시 함께 걸을 수 있다.

셋째로, 이 이유가 가장 중요한데 소설이 더 현실적이어서다. 물론 문학에서도, 가능한 한 최대한 세계를 있는 그대로 표현해야 한다는 입장과 현실을 변혁시켜야 한다는 입장, 초현실적으로 표현해야 한다는 입장이 갈리겠지만, 그중에서도 내가 선호하는 쪽은 현실과 맞닿은 소설이다. 슈퍼 히어로라든지 재벌이 등장하는 드라마나 영화보다는 나와 같이 보통 사람이 주된 등장인물인 소설이 친근하다.

초등학교와 중학교 시절, 학교에서 쉬는 시간과 점심시간 때 세계문학을 읽었다. 헤르만 헤세가 쓴 《수레바퀴 아래서》, 앙드레 지드가 쓴 《좁은 문》 등이었는데 솔직히 재미없었다. 왜 당대 인기가 있었는지도 모르겠다. 그래도 계속 이런 책만 들고 학교에 갔다. 왜? 선생님이 칭찬했으니까. 실은 집에서 내가 읽는 책은 달랐다.

문고판 아가사 크리스티라든지 추리소설은 당시 빨간색 표지가 인상적이었다. 에르퀼 포와르는 꿈에 나올 정도로 흠뻑 빠져 있었다. 누가 정했는지 모르겠지만, '세계 3대' 미스터리 걸작이라 불리는 엘러리 퀸이 쓴 《Y의 비극》과 윌리엄 아이리시가 쓴 《환상의 여인》, 애거서 크리스티의 《그리고 아무도 없었다》를 비롯해 다양한 미스터리를 읽어 나갔다. 내가 읽었던 그 시절 미스터리는 여전히 해문출판사에서 나온다. 품절된 타이틀도 꽤 많긴 한데, 현재 유통되는 문고판은 정가 6,000원 내외이니 적은 비용으로 읽는 근육을 단기간에 키우고 싶다면 해문출판사 문고판 '세계추리걸작선'을 추천한다. 다만 워낙 예전 작품이라 지금 시점에선 다소 몰입되지 않을 수도 있다.

나의 읽기 경험이 그리 특별하진 않은 듯하다. 정아은 작가가 쓴 《엄마의 독서》를 보면, 고단한 육아 때 시간을 잊게 해 준 구원자 같은 작품으로 일본 미스터리 우타노 쇼고가 쓴 《벚꽃 지는 계절에 그대를 그리워하네》를 꼽는다. 지금도 일본 추리소설계를 대표하는 히가시노 게이고가 내는 책마다 베스트셀러에 오르는 걸 보면, 역시 읽는 재미만 따지면 미스터리를 따를 작품은 없는 듯하다.

고전을 꼭 읽어야 할까?

소설이라는 넓은 분야에서 재미로 치면 미스터리가 최고지만, 이 책의 목적은 다양한 분야의 책을 읽는 데 있다. 미스터리로 읽는 재미를 맛보고, 읽는 속도도 높아졌다면 피가 안 나오는 다른 이야기로 눈을 돌려 보도록 하자.

소설 쪽에서 고전이라고 하면 대개 세계문학을 떠올릴 것이다. 그렇다면 질문을 바꿔 보자. 세계문학을 꼭 읽어야 할까? 이 세상에 '꼭'이란 게 어딨겠나, 읽고 싶으면 읽고 아니면 안 읽는 거지. 솔직히 말하면, 세계문학은 재미가 없다. 그도 그럴 것이, 아무리 당대의 베스트셀러였다고 한들 시공간이 다른 우리가 읽기에는 어색하기 마련이다. 《구운몽》과 같은 한국 고전도 욕하면서 공부했거늘, 세계문학이야 얼마나 더 재미없겠는가.

게다가 제국주의 침략을 받은 우리로서는 어떤 면에서는 그들의 인종적, 젠더적 감수성 부족으로 빚어낸 이야기를 와 명작이야 하면서 읽어 내기엔 다소 꺼림직하지 않나. 예컨대 노벨 문학상 수상자인 키플링이 대표적이겠다. 물론, 키플링을 읽으며 조셉 콘래드의 《어둠의 심연》을 읽는다거나 《로빈슨 크루소》와 로빈슨 크루소의 제국주의 면모를 풍자적으로 쓴 《방드르디, 태평양의 끝》을 교차하며 읽어 보면 상당히 흥미로운 독서가 될 수 있다. 이러한 작품을 읽기 전에 에드워드 사이드가 쓴 《문화와 제국주의》로 예열하면 좀 더 깊이 읽을 수 있을 테고. 작가나 비평가 이름만 들어도 황홀한 건, 아무래도 세계문학을 읽으면서 만날 수 있는 장점이기도 하다.

요즘은 이런 이야기가 다소 낯설게 들린 텐데, 잠시 문학이란 무엇인가에 관해 집고 넘어가기로 하자. 'literature'의 번역인 문학이란, 초기의 용례는 글로 쓰여진 모든 것이었다. 따라서 우리에게는 경제사상가로 알려진 애덤 스미스도 활동하던 당시 본인은 문학가로 생각했다. 그러다 개별학문이 분과되면서 소설이나 시를 주로 문학으로 칭하게 됐는데, 전근대로에서 근대로 전환하면서 기독교 신앙의 영향력이 약화되는 자리의 일부를 문학이 차지한다. 라틴어 대신 각국에서 민족어가 발흥하는 과정에서 문학은 이데올로기이자 예술이자 문화상품으로 자리잡는다. 일본 문학 비평가 가라타니 고진이 근대 문학의 종언을 얘기한 때가 2001년이다. 그때보다 미디어 환경이 훨씬 다양해지고 복잡해진 지금에서는 다소 상상하기 힘든 광경이지만, 문학 작품은 신민이 시민으로 진입하기 위한 문이었으며, 그 문을 통과한 다음에는 정치 영역에서도 문학은 중요한 자리를 차지했다.

대표적인 인물이 이탈리아 파시즘의 원조라 할 수 있는 단눈치오다. 무솔리니의 선배이자, 파시즘으로 가는 주요 아이디어를 만들어낸 그는 시인이자 소설가로 이탈리아에 화려하게 등장했다. 현실 사회주의 국가에서도 마르크스의 문학이란 어때야 하는가로 지식인들이 갑론을박을 벌이고, 때론 필화 사건으로 유배에 처해졌던 이유가 여기에 있다. 지금도 《나쁜 책》에서 다룬 많은 작품이 그러하듯, 일부 국가에서는 소설이 읽으면 안 될 책으로 나라에서 지정할 만큼, 커다란 힘을 지닌 텍스트다.

이런 사실을 염두에 두고 세계문학을 읽는다면 인류의 역사, 사유, 사회 구조에 관해 풍성하게 사유할 수 있는 계기로 삼을 수 있긴 하다만, 반복하지만 많은 세계문학 작품이 배경 지식 없이 읽기엔 지루하다. 읽는 근육 붙이기엔, 어울리지 않는다. 중간에 번역을 거쳐야 하니 생생함도 덜하다. 물론, 세계문학의 장점은 있다. 가성비. 세계문학은 저렴하다.

근대 문학의 종언이 나온 후로부터 20년이 지난 지금, 여전히 노벨문학상은 매년 수상자를 발표하고 세계가 수상자 명단을 주시한다. 대한민국에서도 클레어 키건, 김초엽 등 국내외 저자 할 것 없이 베스트셀러 순위에 소설책 표지를 볼 수 있다. 한강 작가님의 노벨상 수상 덕분에 베스트셀러 1~10위를 모두 소설이 차지하는 진풍경도 최근에 벌어졌다. '문학 끝났다며, 고진이 틀렸네!'라고 생각할 수 있다. 그런데 고진이 문학이 끝났다는 건 문학이 인기가 없어질 거라고 얘기한 게 아니다. 문학의 사회적 영향력이 감소할 거라는 표현이다.

칼 마르크스는 기존 철학이 해석하는 도구였다면 미래의 철학은 변혁을 이끌어야 한다고 표현했지만, 마르크스의 이러한 당찬 선언과 달리 실제 역사에서 언제나 철학은 기존 세계를 해석하면서도 새로운 세계를 열어 갔다. 이는 해석이 곧 실천이라서다. 문학 역시 그러한 역할을 근대에 떠맡았다. 문학 작품이 세상을 해석했고, 바람직한 세계와 인간상을 제시했다. 문학가의 발언에는 힘이 실렸다. 장 폴 사르트르나 에밀 졸라 등이 그러하다. 가라타니 고진은 이러한 문학의 힘이 감소하리라 본 거다. 덧붙여 장르물 위주의 소설이 유행하리라 예측

했는데 이러한 예측이 일본은 물론이고 한국에도 크게 틀리지 않은 이야기다. 한국 소설 중에서도 SF가 인기를 끌고 힐링물 중심으로 흐르는데, 이러한 경향이 옳다 그르다를 판단하는 건 나의 역할이 아니지만, 확실한 건 20세기에 비해 21세기 문학에 우리가 바라는 역할이 바뀌었다. 자아 성찰, 혁명이라는 거창한 대의가 아닌 힐링, 여가로.

한국소설을 읽읍시다

초등학교 때부터 뜻도 모르고 세계문학을 읽으면서 읽는 근육을 단련하긴 했지만, 읽는 재미를 본격적으로 느끼게 해 준 건 미스터리와 더불어 대학생 때 읽은 한국소설이었다.

첫 번째는 대하소설인 《토지》. 무려 26년에 걸쳐 연재된 장편이다. 이렇게 기나긴 세월 동안 연재를 할 수 있었던 배경에는, 후속편을 간절히 원하는 독자가 있었다는 의미이기도 하다. 우리는 행운이다. 기다릴 필요 없이, 완결된 작품을 읽을 수 있으니까. 다양한 인물이 나오고 그 인물들이 만들어 가는 사건이 하나하나 흥미롭다. 특히나 사건의 배경이 한반도에서 가장 격렬했던 격동의 시대 아니겠나. 이야기만 따라가도 재밌는데, 곳곳에 등장하는 박경리 선생의 세상을 꿰뚫는 명문장은, 옆에 노트를 두고 꼭 필사해 보길 바란다.

개인적으로 《토지》를 재미있게 읽었다고 했으나, 분량도 많고 지금은 사용하지 않는 낯선 표현도 곳곳에 나오는지라 읽다가 포기하는 경우도 많이 봤다. 더 확실히 실패하지 않는 접근법이 있는데 바로 문학상 수상작이다. 한겨레문학상, 문학동네소설상, 창비소설상 등등 굴지의 문학상 수상작이 매년 발표된다. 치열한 경쟁을 뚫혀 선정된 이야기이기에, 개인적으로 문학상 수상작을 읽으면서 별로였던 적은 없다. 오히려, 상을 받으며 화려하게 등장했으나 후속편이 별로였던 작품은 꽤 있었지만 말이다. 장강명 작가님의 《표백》, 김언수 작가님의 《캐비닛》, 천명관 작가님의 《고래》, 최민석 작가님의 《능력자》, 김려령 작가님의 《완득이》 등등. 어떤 한국소설을 읽어야 할지 모르겠는가? 문학상 수상작 중에서 책 소개를 보고, 구미가 당기는 책을 사자. 그리고 읽자. 문학상 수상작은 어떻게 찾냐고? 인터넷 서점에는 웬만한 문학상 수상작은 보기 좋게 연도별로 연결되어 있다.

문학상 수상작이 때로는 기존 이름난 작가보다 더 뛰어난 이유를 사석에서 한 작가님과 이야기하면서 들을 수가 있었다. 대개 문학상에 응모할 때 혼신의 힘을 쏟는다. 일평생 쌓아 온 경험과 지식을 총동원해서. 그렇게 해서 마침내 등단한다! 자고 나면 위대해지고 자고 나면 초라해지다, 아무것도 안 하다간 잊혀지는 시대. 두 번째 작품을 빨리 써내야 한다. 그런데 수상작이자 첫 작품에서 모든 걸 쏟아 낸 소설가가 의외로 많다고 한다. 그럴 경우, 시간에 쫓기다 밋밋한 이야기를 만들어 내는 데 그치는 경우가 꽤 있다. 그렇게 잊혀진 소설가도 많단다. 계속 창작 활동을 하더라도 데뷔작이 곧 최고작이 되기도 하고…. 내가 엄밀하게 연구했다거나, 통계로 증명된 걸 본 적은 없으나, 독서 경험에 비춰 보면 일리는 있는 해석이라고 생각한다. 소설가를 꿈꾼다면, 혼신의 힘을 쏟아 낸 작품을 최소한 세 편 정도는 갖춰 놓고 수상 소감을 발표할 것. 내 말이 아니라, 이 역시도 소설가로부터 들은 창작자로서 오래 가는 방법이다.

한국소설을 권하는 또 한 가지 이유로는, 다른 장르와 달리 문학에서는 팬심이 생길 수 있어서다. 음악에서 뮤지션과 팬의 관계처럼, 문학 작품에서는 작가와 독자 간 특별한 감정이 생기기 쉽다. 그 감정이 사랑일 수도 있겠고, 존경일 수도 있겠고, 흠모일 수도 있겠다. 좋아하는 음악, 소설이 있다면 그 자체로 삶이 풍요로워진다. 한동안 나훈아 콘서트가 최고의 효도 선물이었듯, 작품을 만든 창작자를 만나는 자리는 황홀하다. 한국소설을 좋아하면 내가 좋아하는 소설가를 만날 기회가 은근 드물지 않다. 출간 후 북토크라든지, 문학 행사나 도서관 등에서 만날 수 있다.

개인적으로 2009년에 열린 서울국제도서전에서 한창훈 작가님과 만남은, 지금까지 글과 관련한 일을 할 수 있는 큰 용기를 받은 계기였다. 그때 한창훈 소설가는 책에 싸인해 주시며, 나의 얼굴을 보고는 이런 말씀을 하셨다. "작가가 될 상이네." 소설가나 시인, 문학 작가가 되진 못했지만, 그날 한 마디 덕분에 이 글을 쓰고 있다. 무라카미 하루키는 야구장에서 소설가가 되기로 결심했다 하지만 나는 서울국제도서전이 글을 계속 써 보기로 마음먹은 계기였다. 아마, 나 말고도 많은 저자가 그러리라.

> "좋아서 읽게 되고, 읽다 보니 팬이 되고, 팬이 돼서 만난 자리에서 위안을 얻고, 쓰는 과정. 삶을 충만하게 만드는 책의 힘이다."

앞서 소설가와 독자 간 관계가 뮤지션과 팬과 관계랑 비슷하다고 썼다. 작품을 즐기는 데도 비슷한 구석이 있는데, 예컨대 뮤지션이 정규 앨범과 싱글을 번갈아 발표하듯 소설가도 장편소설과 단편집을 번갈아 낸다. 기호에 따라, 장편소설을 즐길 수도 있고, 단편을 즐길 수도 있다. 개인적으로는, 출퇴근 길에서는 호흡이 짧은 단편집을 읽는 편이다. 이렇게 소설은 토막 독서에도 유용한 장르다.

마지막으로 소설을 읽어야 하는 또 하나의, 어쩌면 다소 식상하지만 굉장히 중요한 이유를 들려고 한다. 바로 소통을 위해서다. 다른 사람을 이해하기 위해서 소설을 읽어야 한다. 나이가 들면 고립된다. 원하든 원치 않든 관계가 좁아진다. 초중고 친구와 연락도 끊기고, 사회에서 만나 교류하는 사람도 점점 없어진다. 결혼하든 결혼하지 않든 마찬가지다. 누구 얘기냐고? 내 얘기고 당신 얘기다.

다른 사람이 어떻게 사는지, 생각하는지 들을 통로가 없어진다. 사람이 고립되면 타자를 쉽게 혐오하고 멸시한다. 나만, 내 가족만 생각한다. 정치적 극우화로 이어진다. 민주주의가 위기에 처한다. 최근 널리 읽혔던 소설이 《불편한 편의점》, 《어서 오세요, 휴남동 서점입니다》, 《보테로 가족의 사랑 약국》, 《마지막 마음이 들리는 공중전화》 등 소위 'K 힐링소설'이었다. 현대인들이 일상적으로 드나드는 편의점, 서점, 약국과 같은 공간을 배경으로 현실적인 인물을 등장시켜 각 인물의 고민과 불안을 풀어낸 소설이다.

그 고민과 불안이란 퇴사, 이혼, 취업, 주변인의 자살 등등이다. 낯설지 않은 사회 문제이자 개인의 고통이다. 엄청난 반전이 있다거나, 충격적인 표현 기법이 있는 건 아니지만 독자들이 부담 없이 읽어가면서 나의 상황과 대비하며 읽으며 공감할 수 있는 작품들이다. 물론 에세이로도 다른 사람의 이야기를 들을 수 있지만, 한국소설은 글을 가장 잘 쓴다는 작가들이 치밀하게 고민하여 써낸 결과물이다. 에세이가 다소 날 것 그대로의 매력이 있다면, 소설은 좀 더 정제된 아름다움이 있다. 뭐라도 좋으니, 갈수록 공감력이 떨어진다면 한국 작가의 소설과 에세이를 읽어 보자.

생각의 칼날을 벼리는
[철학]

한동안 문송하다는 표현이 유행했다. 문과라 죄송하다는 말의 줄임말인데, 인문학 등 문과 전공자들이 취업하기 힘들다는 세태를 나타난 표현이다. 인문학을 공부하고 싶어하는 학생이 점점 줄어들고, 대학에서도 폐과되는 단골 전공이 인문학이다. 이런 시대에 문과, 그러니까 인문학과 사회과학 책을 읽다는 의미는 무엇일까?

재밌으니까, 읽는 거지 뭐. 적어도 나는, 이쪽 책이 참 재밌었다. 왜냐하면, 인문학과 사회과학 책은 늘 혁명과 맞닿아 있었으니까. 대혁명, 그러니까 프랑스 혁명 이래로 근대 혁명은 대체로 그러했다. 루소를 읽은 로베스피에르가 프랑스 대혁명을 이끌었고 칼 마르크스의 글을 읽은 많은 운동가가 세계 곳곳에서 혁명을 일으켰다. 루터의 종교 혁명도 근간은 '제대로 읽자'였다. 이러한 독서가 혁명과 이어지는 분야로는 아무래도 인문학과 사회과학이 제격이다.

물론 한병철 저자가 쓴 《오늘날 혁명은 왜 불가능한가》라는 책 제목이 시사하듯 오늘날 진지하게 혁명을 꿈꾸는 사람은 거의 없다. 《과잉 히스테리, 단독성들의 사회》가 분석하기론, 현대 자본주의의 작동 방식이 바뀌었다. 칼 마르크스가 《공산당 선언》과 《자본론》을 집필하던 자본주의와 현대 자본주의는 다르다.

전자에서는 노동자 대 자본가 대립 구도가 유효했지만 (물론, 막스 베버의 계층 이해는 다르다. 산업자본주의 시대의 계층 구조가 이 책의 주제는 아니니 이 부분에 관한 추가 논의가 궁금하다면 루이스 코저 교수가 쓴 《사회사상사》를 참고하시길) 현대 자본주의에서 노동자가 곧 자본가다. 우리 스스로 신체와 사유를 생산수단으로 삼아 스스로를 착취한다. 무슨 말이냐고? 유튜브, 소셜미디어, 블로그 등 누가 시키지 않아도 우리는 플랫폼에서 기꺼이 나의 몸과 사유에 스토리를 넣어서 생산수단화한다. 자기계발과 퍼스널브랜딩이 필수인 시대, 홉스가 표현한 만인에 대한 만인의 투쟁이고, 노리나 허츠가 쓴 《고립의 시대》의 단면이기도 하다. 조회수가 곧 나인 시대, 혁명을 굳이 꿈꾸지 않은 시대의 초상이다.

20년 전, 대학생 새내기로 불리던 시절 술자리에서 니체와 마르크스 중 누가 더 위대한 사상가인가를 두고 한 선배와 언쟁이 붙었던 나는, 당시 대표적인 소셜미디어였던 싸이월드에 저격글을 올린 적이 있다. 내가 생각한 글은 아니고, 어디선가 읽었던 표현이다. "청년 때는 세상을 바꾸고 싶어 하고, 가정을 꾸리고서는 내 가족이라도 바꾸고 싶어 하지만 죽기 전에야 깨닫는다. 일단 나부터 바뀌어야 한다는 사실을." 다음 날. 싸웠던 선배가 문자를 보냈다. '싸이 글, 나 저격한 거냐?'라고.

인문학 책을 어떻게 골라야 하느냐, 를 얘기하려다 20년 전 기억까지 소환한 이유는, 그때나 지금이나 인문학이란 '나부터 바뀌어야 한다'는 계기를 마련해 준다고 생각해서다. 그렇다고 오해하진 말자. 주식, 부동산 책 많이 읽는다고 돈 버는 게 아니듯 인문학 책 많이 읽는다고 성인 군자 깨달은 사람이 된다는 보장은 없다. 경험과 실천이 동반되어야 한다.

"책에서 얻은 통찰과 삶이 결합될 때, 적어도 어제보다
   나은 오늘은 가능하다고 믿는다."

지금 왜 니체와 쇼펜하우어인가?

철학자, 인문학자, 인문 사상가 중에 가장 먼저 떠오르는 사람이 누구일까? 시대마다 답이 다르겠지만, 이 글을 쓰는 시점에서는 아마 '쇼펜하우어'일 테다. 바야흐로, 쇼펜하우어 시대

다. 《마흔에 읽는 쇼펜하우어》를 시작으로 쇼펜하우어에 관한 책이 폭포수처럼 쏟아졌다. 프리드리히 니체 인기도 여전하다. 니체와 쇼펜하우어, 나도 참 좋아했다.

나는 고등학교 때 니체 전집을 처음부터 끝까지 다 읽었다. 이해했냐고? 그럴 리가. 그때 왜 니체를 읽었냐 하면, 답은 단순하다. 니체 글이 멋지고 재밌었으니까. 비용 대비 효율 높은 세계문학을 한 권씩 읽어나가다 니체를 만났다. 프란츠 카프카도, 헤르만 헤세도, 앙드레 지드도 프리드리히 니체를 좋아했다고 한다. 어쩔 수 있나. 읽어야지. 가장 유명한 《차라투스트라는 이렇게 말했다》를 읽었다. 대체로 무슨 말인지 몰랐지만, 확실한 사실은 적어도 근대 철학 종결자 임마누엘 칸트가 쓴 《순수이성비판》보다는 훨씬 쉬웠고 재밌었다.

이 질문에 대한 답으로, 코로나 팬데믹 이후 급속히 팽창하다 식어버린 자산 시장의 불확실성 때문에 많은 사람이 좌절했고, 불평등이 가속화하는 가운데, 내 정신이라도 챙기자는 독자들이 물질적 부나 사회적 위신에 흔들리지 않는 고귀한 자아를 강조한 쇼펜하우어와 니체를 호명한다고 한다.

맞는 말일 수도 있지만, 나는 단순하게 생각한다. 철학자 중에서 그나마 이해할 수 있고, 재밌기 때문이다! 니체와 쇼펜하우어가 어떤 글을 썼는지 볼까? 제목부터 인상적인 《당신의 인생이 왜 힘들지 않아야 한다고 생각하십니까》는 쇼펜하우어가 쓴 글 중에서 현대인에게도 유효한 문장을 뽑아서 편역한 책이다. 스스로 자신을 한계에 가두지 말고 새로운 사람으로 거듭나라고 주문하는 니체의 산문은 특히, 현대의 자기계발 코드와도 통한다! 그만큼 쇼펜하우어나 니체는 문체도 경쾌하고 때로 박명수처럼 뼈 때리는 조언도 날려 주기에 인문 고전에 진입하기 좋은 텍스트다.

요즘은 쇼펜하우어, 니체에 이어 세네카라든지 에픽테토스와 같은 스토아 철학의 글들도 지속적으로 나오고 있다. 젊은 니체는 쇼펜하우어 철학에 깊은 감회를 얻었다. 그 쇼펜하우어는 스토아 철학자를 즐겨 읽었다고 한다. 이게 무슨 의미일까? 하늘 아래 새로운 게 없다고, 그 소리가 그 소리라는 말이다. 물론 시공간적 맥락에 따라 각 사상가의 사유에 특수성이 있긴 하겠으나, 아무리 독창적인 사상가라도 찾아보면 다 영향받은 사람이 있다. 완전히 새로운 세계관은 없다. 그러므로 쇼펜하우어나 니체 사유에 감화를 받았다면, 좀 더 범위를 넓혀서 사상사, 철학사를 한 번 훑어 보는 것도 나쁘지 않다.

서울대 나민애 교수가 추천하여 유명해진 《만화로 보는 3분 철학(전 3권)》에서부터 노르웨이 인기 철학 교양서이자 한국에서도 꾸준히 사랑받는 군나르 시르베크, 닐스 길리에가 쓴 《서양철학사》가 인기 있는 철학사 책이다. 이외에도 철학사의 사생활에서 사상가의 사유를 풀어낸 《철학을 만나는 지름길, 철학의 뒷계단》, 젊은 철학자 리하르트 다비트 프레이트가 쓴 《세상을 알라(고대와 중세 철학)》, 《너 자신을 알라(르네상스에서 독일 관념론까지)》,《너 자신이 되어라(헤겔 이후부터 세기 전환기까지)》라는 철학사 책도 있다. 움베르토 에코가 참여한 《경이로운 철학의 역사(전 3권)》라는 벽돌책도 철학이 궁금한 사람에게 훌륭한 길 잡이가 되어줄 책이다.

철학이 서양 근대에서 일본을 통해 들어온 개념인 만큼, 아시아에도 철학이 있었냐 한다면 복잡한 문제이긴 한데, 한자 문명권에도 엄연히 세계관이 있었다. 고전인 펑유란이 쓴 《중국철학사》(전 2권), 신정근 교수가 쓴 《철학사의 전환》가 있다. 전호근 교수가 쓴 《한국 철학사》 역시 훌륭한 저서다. 동서양 가릴 것 없이 철학사를 거슬러 올라가다 보면 결국은 축의 시 대와 만난다.

'축의 시대'라는 표현은 독일 철학자 칼 야스퍼스가 고안 했다. 인문학에서 나오는 논의는 아무리 최신이라도 어느 정 도는 축의 시대에 빚지고 있는데, '축의 시대'에 나온 세계관은 '오래된 미래'이기도 하다. '축의 시대'란 인류 정신문명의 축, 그러니까 기본이 정립된 시대라는 의미다. 기원전 5세기 전후 로 세계 곳곳에서 인식론적 전환이 이루어진다. 그리스 철학, 중동 유일신, 인도 우파니샤드와 불교와 자이나교, 중국 제자 백가. 인간이란 어떤 존재이고 세계란 무엇이며, 우리는 어떻 게 살아야 하는지에 관한 거의 모든 논의가 나왔다. 그래서 화 이트헤드는 서양 철학이 플라톤 철학의 주석에 불과하다 했고, 한자 문명권은 누가 더 공자를 올바로 해석할 수 있는지를 두고 싸웠다.

혹자는 축의 시대 이전을 고대 종교라고 하고, 축의 시대 종교를 고전 종교라 분류하기도 한다. 그렇다면 고전 종교와 고대 종교의 차이는 무엇일까? 바로 '보편성'이다. 특정 민족, 공동체만 중요하다 생각하는 이기적인 사유에서 인류 보편성을 향한 이타심으로의 전환이 고전 종교의 핵심이라고 할 수 있다. 물론, 그 이후에도 인간은 서로 혐오하고 죽이는 전쟁과 폭력의 역사를 써왔다. 이 주제로 더 관심이 있는 독자라면 카렌 암스트롱이 쓴 《축의 시대》와 《신의 전쟁》을 읽어보기를 권한다. 여하튼 축의 시대에 현인들이 내세운 '이타심' 덕분에 적어도 이때부터 인류는 나쁜 놈은 나쁘다고 할 수 있는 사상적 기반을 마련한 셈이다. 그러니 전쟁 일으킨 푸틴은 나쁜 놈이고 자국민을 향해 총칼을 겨누는 지도자도 물론 사악한 놈이다.

편역본보다는 완역본이 좋지만

2023년부터 독일 철학자 아르투어 쇼펜하우어를 향한 관심이 대단했다. 《마흔에 읽는 쇼펜하우어》로부터 시작하여, 쇼펜하우어가 쓴 글과 쇼펜하우어에 대한 글이 쏟아져 나왔다. 프리드리히 니체야 원래부터 인기 많은 철학자였는데, 쇼펜하우어

열풍으로 또 한 번 주목받고 있다. 둘은 밀접한 관계다. 젊은 시절 니체가 탐독한 사상가가 쇼펜하우어다. 그렇다 보니 니체가 쓴 글에서 쇼펜하우어 사유를 확인할 수 있다.

이어서 스토아 사상가로 알려진 세네카의 글도 여러 출판사에서 다양한 편역이 나왔다. 쇼펜하우어나 니체는 고등학교와 대학교 때 꽤 읽었기에 베스트셀러에 그들의 책이 올라와도 관심을 크게 두지 않았지만, 세네카는 궁금해졌다.

완역판이라고 표기된 까치출판사의 《세네카의 대화》를 사서 펼쳤다. 인간을 타락시키는 분노를 어떻게 다스릴 수 있는지 논증하며 일상에서 평온함을 유지할 수 있는 방법을 알려주는 고전이다. 용맹함을 찬양했던 고대 로마의 분위기를 잘 엿볼 수 있는데, 특유의 장중함과 웅장한 문체가 특징이다.

아, 여기서 잠시 여러 판본이 나와 있는 고전을 고르는 방법을 공유하겠다. 고전은 출판사를 봐야 한다. 그 출판사가 어떤 역사를 지니고, 어떤 책을 펴 왔는지 살펴보자. 잘 모르겠다면, 페이지 수를 체크한다. 페이지가 긴 책을 고르면 크게 실패하지 않는다. 완역에 가까울수록 페이지가 늘어나니까.

고전이든 현대 문학 작품이든, 나는 개인적으로 요약본보다는 가능한 한 원본을 읽고 싶다. 여러 가지 이유가 있겠지만, 다른 사람이 떠먹여 주는 밥을 그대로 받아먹는 건, 일단 마음이 불편하다. 내가 혹시 놓친 게 없을까 하는 불안함이 들기 때문에 완역본을 선호한다.

특히 《논어》, 《맹자》, 《도덕경》과 같은 동양 고전은 완역본으로 읽어 보기를 추천한다. 분량 자체가 그리 길지 않다. 일반적으로 중국 사상이 성리학처럼 고도로 사변화되는 계기로 인도 사상, 그러니까 불교가 중국으로 유입되면서부터라고 본다. 실제로, 불교가 영향을 끼치기 이전의 제자백가 원문을 읽어 보면, 그렇게까지 사변적이지 않다. 특히나 공자나 맹자의 말은 생활가 맞닿아 있다. 배부르게 먹기만 하고 하루종일 빈둥대면 안 된다고 하거나(17 양화 22절), 내 아이 교육은 엄청나게 화가 나는 일이니 다른 집안의 아이와 바꿔서 교육하는게 필요하다(이루 상 18절)는 이런 웃긴 이야기도 담겨 있다.

단, '고전'이라 불리는 텍스트나 위대한 사상가로 인정되는 사람들을 절대화할 필요는 없다. 그들도 사람이고, 모든 글에는 맥락이라는 게 존재하는지라 지금 시대에 부적절한 내용도 많다. 고전이 쓰여진 시기에는 맞는 말이라도 지금 보기에는 부적절한 표현이 많다. 속된 말로 '빻은' 표현 말이다. 대표적으로 여성을 향한 혐오라든지, 장애를 향한 시선이 그러하다. 비단 세네카만의 문제가 아니라, 고대인들의 사유 방식이 그러하다.

나로부터 어디까지를 하나라고 상상할 수 있는 능력이 이타심인데, 이타심이라는 측면에서는 현대인들이 고대인보다 꽤 많이 나아갔다. 물론 특정 집단을 향한 혐오와 폭력의 언어로 인기를 얻는 극우 정치인과 그들을 지지하는 사람이 있긴 하지만, 많은 사람들은 젠더와 민족, 장애와 비장애, 계급, 연령을 초월하여 인류가 동일하다고 상상할 수 있다. 나아가 동물과 식물, 지구까지 하나라고 믿을 수 있다. 고전을 읽을 때는 그들도 시대적 한계 안에서 글을 쓸 수밖에 없었다는 점을 자각하고 비판적으로 읽도록 하자.

고전이 무조건 옳지만은 않은 이유가 하나 더 있다. 바로 표현 방식이다. 용건만 간단히, 중복되는 표현은 지양하는 게 근대 이후 잘 쓴 글의 요건인 데 비해 전근대에는 그렇지 않았다. 반복하고 반복하는 문장이 많다. 지루하다. 이 때문에 편역본의 장점이 두드러진다. 편역본은 현대 독자들이 읽기에 충분히 좋은 문장만을 고르고 고르며, 불필요하거나 시대에 맞지 않는 구절은 과감히 삭제한다. 그 결과, 지금 분위기에 적절한 글만 싣고 있으니 가성비 높은 독서가 가능해진다. 고전을 향한 길잡이가 필요하다면 편역된 고전을 읽어 보는 것도 좋다.

대체 인문학이
뭐길래

인문학과 사회과학, 인문 교양, 철학, 인문 심리, 역사 등등 이쪽 계열 책의 분류는 종종 섞이고 경계가 불분명하다. 그나마 인문학을 구성하는 세 가지 축, 그러니까 문사철 세 분야 내에서 섞이는 건 양호한 편이다. 서점에서는 분류하다 보면 종종 혼란을 초래하기도 하다. 자기계발인 것 같은 책이 인문 코너에 있고, 인문 코너에 있어야 할 책이 자기계발에 있기도 하다. 2023~2024년에 유행한 발타자르나 쇼펜하우어의 말이 철학 사조에서의 한 흐름으로 소비되기보다는 명언 중심으로 읽혔다는 점을 떠올려 보면 인문보다는 자기계발에 가까울지도 모르겠다.

그 책이 어떤 분야인지는 도서관이나 서점 담당자들에게 중요한 문제지만 일반 독자 입장에서는 좋은 책이면 다 된 거 아니냐, 그렇게 정리해도 충분할 것 같긴 하다. 그럼에도 불구하고 이 장의 대목이 인문학 책 고르기인만큼 내 나름의 인문학 정의 정도는 하고 넘어가야 하지 싶다.

문학과 역사 철학, 이게 다 인문학이라는 데 나 역시 이견이 없다. 그렇다면 시나 소설, 에세이 저자도 인문학 책에 포함되는 것일까? 범위가 너무 넓은 거 아니냐는 반론이 있을 수 있다. 여기서 말하는 문학은 창작가가 쓴 글이라기보다는 써진 텍스트를 비평하는 행위다. 비평가가 비평의 대상으로 삼는 텍스트가 꼭 문학 작품일 필요는 없고, 영화나 공연 음악 등 문화의 모든 현상이 텍스트가 된다. 이른바 문화 비평인 셈이다. 스튜어트 홀, 프레드릭 제임스 등등 한국에도 알려진 이러한 비평가가 쓴 글이 도서관에서도, 서점에서도 인문학 코너에 있는 이유다.

역사나 철학은 굳이 설명할 필요 없이, 너무 인문학이니까 따로 덧붙일 말이 없겠다.

나와 친해지는 법
[심리학]

올바른 인식은 가능한가. 이 주제는 동서고금을 막론하고 인간이 씨름해 온 주제이다. 근대 철학에서는 유물론과 관념론이 대립했고, 인도 철학에서도 비슷한 대립이 있었다. 상식적으로 생각했을 때, 우리 모두의 입장은 유물론에 가까울 테다. 철학사의 전개에서 유물론의 스펙트럼은 다양하고 여기서 세세하게 논할 수는 없지만, 거칠게 유물론을 요약하자면 이렇다.

객관적인 세계는 존재하고 그 세계는 물질로 이루어졌다. 인간은 지구라는 행성에서 먹고 자고 누고 돈을 벌고 쓰고 살아간다. 그 근간은 물질이다. 그런데 세상은 그렇게 단순하지 않다. 일체유심조라는 표현이 있다. 모든 건 마음이 만들어 낸다는 뜻이다. 왜 똑같은 세계에서 살며, 똑같은 사건을 겪고도 인간은 다르게 받아들이고 반응하는가? 40을 맞은 중년이, 이

제 살아갈 날이 반밖에 남지 않아 서글프다 생각할 수도 있고 한편으로는 여전히 살아갈 날이 반이나 남아서 기대한다고 생각할 수 있다. 이 지긋지긋한 삶, 반밖에 안 남아 후련하다고 여기는 또다른 반응이 있을 수도 있다. 이렇게 보자면, 어쩌면 살아가는 데 더 도움이 될 태도는 관념론, 혹은 유심론일지도 모르겠다. 마음, 의식, 사유는 중요하다. 객관적 세계는 우리가 통제할 수 있는 부분이 많지 않으니, 중요한 건 정신 승리일지도 모른다.

삶은 고통이고 세상은 고통으로 이뤄진 바다이지만, 버티는 지혜를 제공하는 게 바로 심리학이다. 우리가 심리학 책을 읽어야 하는 이유가 여기에 있다. 수만 번 꺾여도 결국은 해내기 위해 내 마음을 챙겨야 한다. 그런데 어떻게 챙기지? 어떤 책을 읽어야 도움 받을 수 있을까?

허와 실 사이의 인문 심리

"여러분은 프로이트나 융을 생각하며 심리학 강의를 신청하셨겠지만, 이 수업에서는 그 두 사람을 깊게 배우진 않습니다." 대학교에서 배운 '심리학 개론' 수업 때 선생님께서 하신 말씀이다. 실제로 그랬다. 네 달에 걸쳐 진행된 수업 중에서 프로이트는 다 합해야 30분 남짓 다뤘다. 그 내용마저도 무의식이라는 개념을 제시한 점 정도가 기여이고 프로이트가 말한 대부분이 틀렸다고 그리 좋지 않게 평가했다. 융은, 내 희미한 기억이 맞다면 언급조차 되지 않았다. 그 대신 파블로프의 개 실험이라든지, 헝겊 원숭이를 활용한 해리 할로의 애착 실험, 권위에 대한 복종 실험이었던 필립 짐바르도의 스탠포드 교도소 실험 등등을 배웠다.

심리학자의 이론이나 주장보다는 각 이론에 대한 실험 설계, 통계 등등에 관해 더 많은 시간을 할애했다. 내가 다닌 학교에서 심리학과는 인문대가 아닌 사회과학대 소속인 영향도 있을 테다. 질적 연구보다는 양적 연구가, 개념보다는 숫자가 중요하다. 현대심리학의 흐름이기도 하다.

어쨌거나, 요즘 심리학계 분위기도 크게 다르지 않을 텐데, 그럼에도 불구하고 보통 독자들이 읽는 건 연구자의 경향과는 살짝 결이 다른 듯하다. 우선, '심리책'이 사회정치가 아니라 인문으로 분류되어 있다. 서점, 출판계에서는 '인문 심리'로 해당 책을 부르지 '사회과학 심리'라고는 표현하지 않는다. 이러한 인문 심리 책은 스펙트럼이 상당히 넓다. 심리학 전공자들이 보는 전공서적부터 정신과 의사가 상담학자가 쓴 심리 치유 책, 우울증이나 조현병과 같이 특정 정신질환에 관한 책, 범죄 심리 책, 그리고 심리학이라고도 할 수 없는 사주 책이나 MBTI까지…. 주어진 현상을 설명하고, 예측 가능성을 높이는 게 현대 학문의 정의일 텐데 사주는 전근대에 유행했던 다양한 한 세계관에 불과할 뿐이다. 이재인 저자가 쓴 《사주는 없다》에서 사주로 인간을 해석하는 게 왜 터무니없는지에 관한 더 자세한 이야기를 만나볼 수 있다.

물론, 사주와 같은 비과학적인 세계관에 열광하는 게 유독 대한민국만의 풍토는 아니다. 정보 기술이라는 관점에서 인류사를 설명하고 미래를 그려본 유발 하라리의 최신작, 《넥서스》에서는 세계가 점성학에 빠진 상황을 거론하며 이렇게 말한다. 정보는 진리냐 거짓이냐의 문제가 아니라, 얼마나 많은 사람을 연결하느냐의 문제라고. 《진실의 흑역사》, 《개소리는 어떻게 세상을 정복했는가》 등 거짓이 승리한 일은 역사에서 꽤 흔했다. 그렇다고 해서 거짓을 내버려 두자는 게 아니다. 우리는 거짓에 휘둘리지 않고, 올바르게 인식하기 위해 노력해야 한다. 사회심리학 분야 명저인 《사람일까 상황일까》에서는 심리학계에서도 이러한 그릇된 논의가 팽배하다 말하며 '아마추어 성격학, 아마추어 사회심리학'이라고 비꼬기도 한다.

《아웃라이어》 저자인 말콤 글래드웰이 '내 인생을 바꾼 책'이라 평한 《사람일까 상황일까》의 요지를 간단하게 정리하면 이렇다. 성격, 개성이 그 사람을 정의하고 나아가 향후 행동을 예측할 수 있다는 이른바 '성향주의', '성격학'은 틀렸다. 그보다 중요한 건 구성된 상황이다. 이 책에는 여러 가지 실험을 제시한다. 한 사람이 쓰러져 있다. 그 앞을 누군가 지나간다. 그 사람을 도와줄까, 말까. 실험 결과, 개인의 성향이나 종교는 연관이 없었다. 오히려 행동의 차이를 이끈 건 상황이었다. 예측할 수 있겠지만, 시간 여유가 있는 집단에서는 쓰러진 사람을 돕는 비율이 높았다. 반대로, 그렇지 않은 사람은 그 비율이 현격히 낮았다.

다른 상황에도 얼마든지 적응 가능하다. 내가 돈을 중요하게 생각하고, 관심이 있는 건 사주에 재성이 발달해서가 아니라 우리가 신자유주의 자본주의에서 살고 있기 때문이다. 당신이 결혼생활이 불행하다고 생각하는 이유가 오행 관계로 봤을 때 배우자와 상극이어서가 아니라, 사회 구조가 바뀌면서 공과 사로 나뉜 엄격한 젠더 역할이 더는 통하지 않으며 가정에서 업무 분담이 치열한 정치 싸움으로 바뀌어서다. 자식이 말을 안 듣는 건 부모와 자식의 사주가 안 맞아서가 아니라, 원래 자식은 엄마 아빠 말을 듣지 않는다. 즉, 개인의 성향을 강조하는 사주나 MBTI보다는 사회심리학의 통찰이 더 유의미하다.

"이렇듯 심리학 책은 혈액형을 비롯한 다양한 성격 검사와 같은 유사 학문의 유행에 휘둘리지 않을 수 있는 근육을 키워 준다."

그러나 여전히 많은 사람은 사주와 MBTI 등에 열광한다. 도대체 왜일까? 진화심리학에서는 나와 너를, 내집단과 외

집단을 구분하려는 경향이 인간 본능이라고 한다. 성격심리학은 이러한 인간 본능에 충실한 도구가 아닐까? 물론 사주라는 도구로 인생 상담을 잘 하는 사람도 있을 것이다. 그런 사람을 만나는 건, 나름대로 좋겠다. 고독한 현대사회에서 내 얘기에 귀 기울여주는 사람이 몇이나 될까. 사주에서 말하는 귀인일 것이다. 그럼에도 불구하고 그 사람에게 주기적으로 복비를 주고 내 사주를 보진 말자. 그 돈으로 차라리, 책을 사자. 좀 더 시야가 넓어지고 내 삶을 객관화해줄 수 있는 책 말이다. 사주 외에도 근대 철학이나 불교나 사회학이나 심리학 등 우리가 익혀야 할 매혹적인 세계관은 많다.

자, 이러한 전제를 깔고 심리학, 인문 심리라 적힌 코너로 입장하자.

불안할 땐, 심리 책

마음에 관해 발언할 수 있는 가장 큰 목소리는 근대에는 철학이었으나, 현대는 심리학, 뇌과학, 의학 쪽이다. 보통 서점에서는 인문학이라는 하위 분류에 '심리'가 위치하는데, 철학이나 역사에 비해 더 많은 신간이 나오고 인문 베스트셀러 분야에 상위를 차지하는 책도 심리 책이다. 심리학은 세부적으로 성격, 감정, 사회, 발달 등 다양하게 나뉜다. 그 중에서 대중적으로 널리 읽히는 책은 학문적 논의가 담긴 심리학보다는 아무래도 현대인의 보편적인 고민거리인 스트레스, 번아웃, 우울에 관해 편하고 알기 쉽게 설명해 주는 책이다. 주로 정신과 의사나 심리학자가 쓴 책인데, 전홍진 교수가 쓴 《매우 예민한 사람들을 위한 상담소》나 정신과 의사 김병수 저자가 쓴 《아픈 줄도 모르고 살아가는 요즘 어른을 위한 마음공부》 등이 있다. 이 책들이 다루는 증상이 광범위하다면, 우울증이나 조현병 등 특정 증상에 집중해서 다룬 책도 있다.

우울감은 현대인의 감기라고 할 정도로, 정도의 차이일 뿐 대부분 겪는 감정이다. 나 역시 우울감이 심했을 때 《우울할 땐 뇌과학》을 읽고 많은 도움을 받은 적이 있다. 이 책 외에도 일반인 눈높이에 맞춰 우울증, 우울감에 관해 설명해 놓은 책이 시중에는 많다. 예전보다 정신과 문턱이 많이 낮아졌다곤 해도, 선뜻 병원에 찾아갈 용기를 내기 쉽지 않을 수 있다. 시중에는 이들을 위해 불안, 우울, 분노, 무기력 등 부정적 감정을 정의하고 이러한 감정을 다스리는 방법을 알려 주는 친절한 책이 있다. 물론 증세가 심할 경우, 책을 읽을 에너지도 없을 수 있다. 그 정도로 마음이 힘들다면 바로 병원으로 가야겠지만 그 전이라면 책에서도 충분히 나의 지친 마음을 달랠 방법을 발견할 수 있다.

현대 심리학이 발견한 개념은 아니나 요즘 심리학 책에서 우울감이나 번아웃 등에 관한 처방으로 흔히 볼 수 있는 단어가 '마음챙김'이다. 마음챙김은 불교 명상, 힌두교 명상에서 종교적 색채를 빼고 현대 사회 맥락에 맞게 재해석한 개념이다. 마음챙김을 향한 관심은 불교 전통이 오래된 아시아보다도 오히려 미국과 유럽이 더 높은 것 같은데, 실제로 한국에 소개되는 많은 마음챙김 책이 그쪽에서 만들어졌다.

《뉴로다르마》와 같은 책은 불교나 우파니샤드 등 고대 인도 사유가 현대 심리학이 충돌 없이 조화될 수 있는지를 입증해 준다. 불교의 여러 개념 중에서 특히 '연기'가 중요하다. 불 필 때 나는 연기가 아니라, 이 세계의 본질로 상호 의존을 강조하는 '12연기' 말이다. 12연기에 관해서 간단히 정의하자면, 삶이 왜 고통인지에 관해 붓다가 발견한 원리다.

고해, 그러니까 고통의 바다라는 표현이 있다. 고대 인도는 세상을 마야(환상)라고 생각했다. 갑자기 외계인이 나타나 인도인들에게 뜬금없이 전해 준 개념은 아닐 테고, 현세를 염세적으로 보는 관점은 고대 인도에서 발생했던 치열했던 정복 전쟁에 진절머리가 난 인도인들의 반응이었다. 다만, 흥미로운 건 중국에서도 춘추전국시대로 상징되는 무법의 시대가 있었는데, 공맹이나 노장은 세상을 고통의 바다라고 표현할 만큼 비관적이지 않았다. 어쨌거나, 삶이 힘든 이유에 관해 천착했던 붓다는 12연기로 우리 삶이 불행으로 끝나고 마는 이유를 찾는다.

12연기를 요약하자면, 이렇다. 원래는 아무것도 없다. 집착과 분별심으로 뭔가가 있다고 가정하고 욕망하기 때문에 우리 삶이 피곤하다. 반복하지만, 애초에 고정불변하는 것이 없음에도 말이다. 돈이고 사랑이고 명예고 있다가도 없고 없다가도 생기는데, 우리는 거기에 집착한다. 못 가지면 화나고, 가지면 더 가지고 싶어 초조해진다. 이러한 논리는 전혀 특정 종교의 신념과 관계 없다. 인간 조건이자, 우리 마음이 작동하는 방식이라서다.

서양 근대 철학자 데이비드 흄도 자아란 관념의 다발에 불과할 뿐 실체가 있는 건 아니라고 봤다. 물론 서양 근대 주류 철학은 불변의 코기토를 상정한 데카르트였지만 말이다. 어쨌거나 집착과 분별심에서 한 발 멀어지기, 초연하기가 마음챙김인 바 내 마음이 불안하고 불편하다면 현대심리학에서 마음챙김을 접하길 권한다.

마음챙김의 핵심은, 우리 마음에서 일어나는 다양한 감정을 한 걸음 떨어져서 지켜보기다. 이를 선불교에서는 관이라고 한다. 이러한 사유는 스토아철학과도 비슷하고, 장자의 '빈 배' 비유와도 통한다. 대략 이런 내용이다.

배와 배가 부딪쳤을 때, 크게 두 가지 상황이 벌어질 수 있다. 먼저, 배 안에 사람이 탔을 때다. 배가 충돌하면 사람이 다칠 수 있다. 그리고 그 사람들 간 싸움이 벌어질 수 있다. 그런데 배 안에 사람이 없다면? 다칠 사람도, 화낼 사람도, 싸울 사람도 없다. 아무 일도 일어나지 않는다. 이게 우리 마음 속에서 벌어지는 일이다. 나라는 고정된 실체는 없다. 감정 역시 마찬가지다. 분노하고 슬퍼하고 집착할 필요가 없다. 물론, 모든 건 변하며, 감정도 곧 사라진다는 사실을 알면서도 화날 때가 있다. 나 역시 자주 화난다. 일할 때도 화나고, 도로에서 차가 막혀도 화나고, 집에서 배우자로부터 정리 정돈 못 한다고 혼날 때도 화난다! 그럴 때는 되뇌자. 모든 게 흘러가느니라….

우리가 심리학책을 읽어야 하는 이유가 여기 있는 듯하다. 읽어도 읽어도, 막상 현실에서 예상치 못한 방향으로 일이 흘러가면 부정적인 감정이 타오른다. 화, 분노, 억울함, 슬픔 등등. 이럴 때 마음에 관한 책을 반복해서 읽으면 감정이 가라앉는다. 독서로 마음 근육을 단련할 수 있다. 책을 읽지 않는다면, 서서히 배 안이 승객으로 가득찬다.

이 책에서 거듭 강조하는데 세상에는 좋은 책이 많고, 마음챙김에 관한 훌륭한 책도 많다. 독서도 마음챙김의 훌륭한 한 가지 방법이고, 이쪽 주제에 관해서는 베스트셀러 김주환 저자가 쓴 《내면소통》도 있고 불광출판사에서 낸 여러 책도 있다. 이를테면 《왜 마음챙김 명상인가?》, 《붓다브레인》, 《마음챙김에 대한 거의 모든 것》 등이 그런 책이다.

앞서 우울감, 우울증에 관해 책으로 도움을 받을 수 있다고 했는데 정신질환은 인문 심리 분야에서 중요한 한 분야다. 도대체 정신질환이란 무엇인가, 라는 근원적인 질문을 던진다면 《정상은 없다》라는 책이 지적하듯 정상과 비정상의 경계는 자주 바뀐다. 이미 미셸 푸코가 《광기의 역사》에서 썼듯, 비정상으로 구분된 사람을 대하는 태도는 사회 구조에 따라 바뀐다. 한때 신과의 합일, 우월함으로 간주되기도 했던 광기가 모든 사람을 생산 가능한 노동자로 간주하는 근대에서는 고쳐야 할 질병으로 바뀌었듯, 비슷한 증상도 시공간적 맥락에 따라 전혀 다르게 해석한다. 정신질환은 발견되는 게 아니라 발명된다고 주장한 토머스 사스가 쓴 고전 《정신병의 신화》에서부터 최근 영국의 의료인류학자 제임스 데이비스의 《정신병을 팝니다》에 이르기까지, 현대의학이 정신질환을 성공적으로 관리하고 증상 개선에 늘 성공하는 것 같진 않다.

다만 그럼에도 불구하고 양극성 기분장애 딸을 둔 어머니의 기록인 《딸이 조용히 무너져 있었다》, 마찬가지로 양극성 기분장애 아버지를 둔 아들의 기록인 《낙인이라는 광기》는 적절한 시기에 믿을 만한 의료 기관 혹은 의사를 만나는 게 얼마나 중요한지를 역설한다. 보다 더 중요한 과제는 모두가 정신질환에 취약하다는 사실을 깨닫는 것이다. 정상과 비정상의 경계는 불분명하다. 비정상을 향한 낙인이 정신질환 당사자와 가족을 더 숨게 만들고 이는 증상을 악화시킬 뿐이다. 대한민국의 자살 문제가 심각하며, 문제 해결을 위해서는 사회 차원의 낙인과 편견을 없애는 게 중요하다고 강조하는 나종호 예일대 교수의 《만일 내가 그때 내 말을 들어줬더라면》, 《뉴욕 정신과 의사의 사람 도서관》역시 나의 약함을 공개할 수 있는 열린

분위기가 무엇보다 중요하다고 말한다.

　우리가 심리 책을 읽는 행위가 그러한 분위기로 가는 자그마한 발걸음이 될 수 있다고 믿는다. 비단 심리학 책만이 아니라, 우리가 책을 읽는 이유는 나의 약함을 인정하고, 다른 사람의 취약점에 공감하며, 결국에는 우리 모두가 하나라는 사실을 깨닫기 위해서가 아닐까.

　이 장의 마무리로, 심리학 전문 출판사 몇 곳을 소개하면서 마칠까 한다. 인문 심리 분야 책은 종합 출판사에서도 내긴 하지만 아몬드, 심심 출판사에서 내는 심리학책이라면 믿고 읽어도 되겠다.

세상을 읽는 혜안
[사회과학]

대학원 근처에도 가보지 못한 내가 감히 주제넘게 얘기하자면, 인문학과 사회과학 연구자들의 운명이 알피니스트랑 비슷하다고 생각한다. 알프스 3대 북벽을 딛고 히말라야 고봉으로 향한 알피니스트들은 세계 최고봉 히말라야는 물론 대부분의 산에 발자취를 남겼다. 세계 최초 ○○산 초등이라는 타이틀이 점점 힘들어지는 시대다. 인문학과 사회과학 연구자들 역시, 리오타르가 표현한 대로 '거대 서사의 종말' 시대에 다다라 더는 큰 담론을 낼 수 없는 상황이다.

현대는 종합의 시대가 아니라 전문가의 시대다. 그런데 이 전문 영역마저 분화가 이뤄질 대로 이뤄져서 새로운 학문이 태어날 통로가 좁아졌다. 그런데 나를 비롯한 많은 독자들이 학문을 업으로 삼으려는 사람은 아닐 테다. 우리같은 평범한 독자들에게 인문학이나 사회과학은 새로 나오는 책도 중요하지만, 우선은 고전의 세계에 빠져 보는 게 좋다.

현대 학문이 어떻게 구성되었는지는 대학에 설치된 전공을 보면 된다. 인문학은 크게 문 사 철로 구성되어 있고, 사회과학대학의 일반적 구성은 정치학, 경제학, 사회학, 인류학, 언론정보학 등등으로 이뤄졌다. 학교에 따라 심리학과는 인문대에 위치하기도, 사회과학대에 위치하기도 한다. 인문학은 멀리 축의 시대라 일컬어지는, 지금으로부터 2,500년 전부터 반복된 주제이고 사회과학은 유럽이 주도한 근대 이후 세계를 현대적인 방법론에 입각해 이해하려 한 시도다. 사회과학의 가능성과 필요성을 최초로 주장한 오귀스트 콩트를 시작으로 마르크스, 뒤르켐, 베버 등 사회학 3대 거장의 활동 시기는 19세기였다. 사회학이 이중 혁명 뒤 벌어진 서구 사회를 이해하려 한 시도였다면, 인류학은 근대인 유럽이 비근대인을 바라보려는 시도였다.

서점마다 사회학 책을 보는 관점도 미묘하게 차이가 있다. 예스24에는 '사회 정치'로, 알라딘에서는 '사회과학'으로 교보문고에는 '정치/사회'로 구분해 두었으며 그 하위 항목으로는 사회학, 정치, 교육, 언론 미디어, 생태 환경, 법, 군사 쪽 책이 있다. 오랫동안 서점에서 일하다 보니, 사회 분야 책들의 입지가 점점 더 줄어들고 있다는 게 느껴져서 아쉽다. 이는 장기적인 흐름이긴 하다. 탈이념의 시대로 접어들며 사회 전반적인 분위기가 사회 구조보다는 개인에게로 관심이 집중되었기 때문이다.

단적으로 말해서, 인문 심리 책은 하루가 멀다하고 신간이 나온다. 그에 비해 사회 분야의 전통적인 주제였던 불평등이라든지 노동에 관한 책은 출간 소식이 더디다. 신간 수와 시장 규모는 상관 관계가 있는데, 출판사가 출간을 고려할 때 시장에서 반응이 있는 소재를 택해서다. 실제 매출 비중 역시 사회 쪽 분야는 인문에 비해 왜소하다. 사회 분야의 매출 중 큰 비중을 차지하는 국내 유력 정치인의 책을 제외한다면, 그 격차는 더 클 테다.

사정이 이렇다 보니, 예전이라면 누가 봐도 사회 책인데 인문 분야에 놓고 싶어하는 책도 늘었다. 예컨대 《가짜 노동》 등과 같은 노동에 관한 책인 특정 서점에서는 인문 분야로 등록된다거나, 불평등에 관해 논의한 마이클 샌델의 《공정하다는 착각》 역시 인문 분야로 표시되는 경우가 있다. 일반 독자 관점에서는 어떤 분야인지가 그렇게 중요할까 싶냐만, 해당 책의 분야 선정이 오프라인 서점 매대의 위치나, 인터넷 서점 분야 페이지 노출과 연동되기에 책을 파는 입장에서는 신중하게 결정할 수밖에 없다.

여전히 문제인 노동, 불평등

사회정치 분야 책들의 입지가 점점 좁아지고 있지만, 그래도 이 분야가 중요하다는 사실을 일깨워 주는 게 노벨상이다. 2023년과 2024년 노벨경제학상 수상자들이 쓴 책이 경제경영 분야가 아니라 사회정치 분야의 책이었다. 23년 수상자인 클라우디아 골딘은 성별에 따른 소득 불평등이 개인 차원의 문제가 아니라 구조 탓이라는 점을 데이터로 밝혀냈다. 여기에 그치지 않고 대안까지 제시한 책이 《커리어 그리고 가정》이다. 학교에서 여성의 성적이 뛰어나고, 금녀의 영역이 사실상 사라진 지금도 여전히 존재하는 성별 소득 격차는 무엇 때문일까? 이 책은 고소득이 보장되는 장시간 노동에서 남자가 유리하기 때문이라고 지적한다. 예나 지금이나, 가정과 커리어가 충돌할 때 희생해야 하는 쪽은 주로 여성이다.

24년 수상자는 세 명이었다. 대런 아제모을루, 사이먼 존슨, 제임스 A. 로빈슨. 이들이 쓴 대표작 《국가는 왜 실패하는가》, 《좁은 회랑》, 《권력과 진보》는 고전주의 경제학자가 가정하는 순수한 시장 상태라는 게 허상이라고 지적한다. 그보다는 정치경제학, 그러니까 경제와 정치가 분리할 수 없다는 논지를 펴며 특히 경제 발전에서 제도의 역할이 얼마나 중요한지 증명해낸다. 좀 더 경향을 봐야겠지만, 최근 노벨 경제학상은 이렇듯 불평등, 불공정에 관해 심도 있게 연구학 학자에게 돌아가는 상황이므로 서점 매대에서 다시 사회과학의 전성기를 확인할 수도 있지 않을까, 하는 기대를 걸어 본다. 여전히 우리 사회는, 세계는 해결해야 할 문제가 많고 그 문제의 성격은 개인 차원이 아닌 공동체 차원이라서다.

노동, 불평등에 관해서 말이 나와서 말인데 꼭 추천하고 싶은 저자가 있다. 한승태 저자이다. 임성순 소설을 한 편도 안 읽어 본 독자는 있지만 한 편만 읽은 사람은 없다, 마찬가지로 한승태 르포를 한 편도 안 펼쳐 본 사람은 있지만 한 편만 본 사람은 없다는 말이 있다. 처음 들었다고? 맞다. 방금 내가 지어낸 말이다. 그런데 딱히 반박하진 못할 테다. 읽어 보면 느낌 아니까.

한국사회의 구조적 모순을 적나라하게 묘사하면서도, 유쾌함을 잃지 않는 한승태 저자의 3부작은 사회 정치 분야 책 중에서 꼭 봤으면 하는 명저다. 《퀴닝》(구판 제목 : 《인간의 조건》)은 꽃게잡이 배, 주유소, 농촌 비닐하우스, 자동차 부품 공장 등 다양한 작업장에서 일한 경험을 담는다. 《고기로 태어나서》는 《퀴닝》에서도 잠시 다룬 바 있는, 고기 농장에 관한 르포다. 개고기, 닭고기, 돼지고기 등이 어떻게 만들어지는지 썼다. 그리고 최근작으로, 《어떤 동사의 멸종》은 직업 소개소, 콜센터, 택배 상하차, 뷔페식당, 빌딩 청소 등 가까운 미래 대체될 가능성이 높은 직업군을 두루 체험하고 쓴 기록이다. 대체로 우리 사회를 지탱하는 데 꼭 필요하지만 안전하지 않고 보수가 낮으며 지속 가능성이 극히 의심되는 노동을 직접 겪고 쓴 기록이다. 니체는 피로 쓴 글을 사랑한다고 했는데, 한승태 저자의 글이야말로 피로 쓴, 니체가 경탄해 마지않을 글이다.

비슷한 결로 소준철 저자가 쓴 《가난의 문법》이나 조문영 저자가 쓴 《빈곤 과정》은 불평등이 개인 탓이 아닌 사회 구조의 문제라고 지적한다. 가난을 사주 탓으로 돌릴 게 아니라, 구조적 모순이라 인식하고 공동체 차원의 차원의 답을 찾아가는 게 지속 가능하고 건전한 사회의 조건이라 하겠다. 구체적으로 어떻게? 라고 묻는다면 나도 답은 모르겠다. 낮은 노동생산성, 저임금 비숙련 노동, 외주화, 비정규직, 플랫폼 노동, 포화된 자영업 시장 등 불안정하고 위험한 대한민국의 노동 환경은 어제 오늘의 일이 아니기 때문이다.

읽으면 읽을수록 기시감이 느껴지고 조금은 피로해지지만 사회정치 책을 읽는 게 보다 안전하고 즐거운 노동을 위한 한 가지 작은 실천이겠다는 생각은 든다. 혐오와 비난을 부추기는 정치인 또는 정치 정당에 표를 안 주는 게 또다른 실천일 수 있겠다.

저자를 소개했으니, 이번에는 사회과학 쪽 양서를 꾸준히 발굴하고 내는 출판사를 꼽아 보고자 한다. 바로 떠오르는 출판사가 후마니타스와 오월의봄이다. 한국 사회에서 무엇이 문제이고, 어떻게 나아가야 하는지를 고민하려면 일단 두 출판사에서 펴내는 책을 유심히 볼 걸 권한다. 이 두 출판사 외에도

《침묵의 봄》으로 유명한 환경 전문 출판사 에코리브르, 《세상의 절반은 왜 굶주리는가》의 갈라파고스, 두번째테제, 아고라 등의 출판사도 꿋꿋이 좋은 책을 펴내고 있다.

우리는 죽기 전까지 학생

사회 분야의 소주제는 저마다 가진 매력이 다른데, 일반 독자가 무심코 지나치지만 읽어보면 재밌고 의미 있는 분야가 '교육'이다. 사실 교육 분야 책은 시장이 큰 편이다. 대한민국에서 책을 많이 접하는 단일 직군을 꼽으라면, 단언컨대 선생님일 테다. 교육 분야 내에서도 세부 주제로 다양한 결이 있는데, 선생님이 쓴 책과 선생님을 독자로 하는 책은 수요가 꽤 큰 편이다. 다만, 주로 선생님들을 대상으로 쓴 책이다 보니 일반 독자가 참고하는 베스트셀러 목록이나 오프라인 서점의 신간 대에서는 교육서 찾기가 쉽지는 않다. 일부러 검색해서 좋은 책을 발굴하려는 노력이 필요하다.

아니, 내가 선생님도 아니고 학부모도 아닌데 굳이 교육 관련 책을 볼 필요가 있겠나, 하고 의아하게 생각할 수 있다. 나도 그러했다. 그런데 《패트릭과 함께 읽기》를 읽은 뒤 생각이 바뀌었다. 사람과 사람이 만나는 순간, 각각의 세계가 만나는 순간 기적이 시작된다. 이 기적의 다른 표현은 교육이다.

누군가가 누군가에게 영향을 주고, 감화되는 과정만큼 아름답고 성스러운 순간이 있을까? 이런 순간은 비단 학교에서만 일어나는 건 아니다. 공자가 말한 내용을 기록한 《논어》의 〈술이편〉 21장을 직역하면 '세 사람이 걸으면, 그중에는 반드시 내 스승이 될 사람이 있다. 좋은 점은 본받고, 좋지 않은 점으로써 나를 바꾼다(三人行, 必有我師焉. 擇其善者而從之, 其不善者而改之.)'이다. 꼭 세 사람일 필요도 없다고 생각한다. 한 명만 있어도, 그 사람은 나에게 스승이 될 수 있다. 그 사람에게는 나보다 나은 점이 있을 테고, 나보다 못한 점이 있을 테다.

《패트릭과 함께 읽기》가 그런 내용이다. 이 책은 배움에 관한 책이다. 저자인 미셸 쿠오는 아시아 출신 비백인 여성이다. 학업 성적이 우수했다. 젠더와 인종 불평등에 관심이 높아서 돈이나 명예보다는 세상을 보다 좋게 바꾸는 일을 하고 싶어 했다. 쿠오에게는 사회가 한 발 나아가는 데 교육이 그러한 역할을 할 수 있다고 믿었다. 믿음을 좇아 졸업 후 빈곤 지역으로 가서 학생을 가르치기로 한다. 대다수가 가난한 흑인들로 이뤄진 마을에서 교육은 무너져 있었다. 일단 학교 출석조차 쉽지 않았고, 멀쩡히 졸업하는 학생도 드물었다. 쿠오는 이곳에서 배움의 중요함을, 문학의 힘을 역설한다. 그 과정에서 여러 사건을 겪으며 패트릭이라는 애제자를 발굴한다. 다른 학생과 달리 패트릭은 배우고 싶어 했고, 문학적 재능을 서서히 키워간다.

이쯤에서 이야기가 끝난다면, 행복했겠지만 세상만사가 그렇게 술술 풀리지 않는다. 논픽션답게 이 책은 세상에 존재하는 수많은 균열과 모순을 드러낸다. 그 위에 한 스푼 정도의 희망과 용기를 전달한다. 결말이 궁금한 독자들은 꼭 이 책을 펼치면 좋겠다. 《패트릭과 함께 읽기》에서 인상적인 부분은 교사와 학생 간 관계가 종종 역전된다는 사실이다. 쿠오 선생님은 빈민가 학생을 계몽시키려는 의지로 마을을 찾아왔지만, 이들로부터 오히려 배운다. 이론으로만 알았던 계급, 인종, 역사, 불평등을 아이들과 함께 수업하며 몸으로 익혀 나간다. 학생이 스승이고, 교사가 제자인 게 아름다운 교육의 풍경이 아닐까.

미국사회, 미국교육을 이야기하는 《패트릭과 함께 읽기》에 비해 한국의 이야기를 전달하는 《체육복을 읽는 아침》은 더 몸에 와닿는다. 고등학교 국어 선생님인 이원재 저자가 쓴 이 책의 매력은, 넓게 본다는 점이다.

보통 교육서라고 한다면 실용적인 목적에서 읽는 수요가 많다. 최종 목표는 대입이고, 좋은 대학을 가기 위해 좋은 고등학교를 가야 하고, 좋은 고등학교에 입학하기 위해 좋은 중학교를 찾아야 하고 어쩌고 저쩌고 하는. 그러니까, 좋은 성적 받기 위해서 어떻게 하느냐에 관한 방법론이다. 물론 필요한 책이고, 나 역시 자식을 둔 아빠라 가끔씩 찾아 읽기도 한다. 그럼에도 불구하고 기본적으로는 공부 잘한 내가 딱히 좋은 인간이 된 것도 아니고, 돈이나 사회적 명예를 거머쥔 게 아니니 저런 게 무슨 소용이냐 싶은 마음이 큰지라 그런 쪽 책에는 마음이 동하지 않는다. 그보다는 배움이란 무엇인가에 관한 본연적 성찰을 품은 책을 더 좋아한다. 거슬러 올라가면 《공자》 《맹자》 《아함경》 《소크라테스와 대화》 기타 등등이 있겠지.

다시 본론으로 돌아가서, 《체육복을 읽는 아침》에서 저자는 좋은 성적 거두는 법에 관해 이야기하진 않는다. 인문계고와 비인문계고를 두루 경험하면서 현재 한국 학생들의 고민이 무엇인지, 선생님은 무얼 할 수 있는지, 교육이 지향해야 할 최종 목표는 무엇인지를 재밌는 입담으로 전달한다.

학교라고 하면 으레 인문계고를 생각한 나 자신의 편협한 사고를 반성하며 졸업 후 대학이 아니라 작업장으로 가야 하는 현장실습생 이야기를 다룬 《열여덟, 일터로 나가다》가 떠올랐다. 현장실습생이란 주로 비인문계고 학생이다. 진학 대신 취업을 택하여 학생인 기간에 학교가 아니라 일터로 나간 학생들. 《열여덟, 일터로 나가다》는 노동 이야기도 거론하지만, 교육이라는 주제로 현장실습생을 이야기한다. 현장실습생과 학생, 업체, 현장실습생의 가족 등을 취재하는 동시에 지금과 같은 제도가 왜 생기게 됐는지를 추적한다. 박정희 대통령 이후 역대 정권의 교육 정책을 검토하는데, 비인문계고 학생을 겨냥한 교육의 목표는 진학이 아니라 취업이 된다.

문제는 이들이 향하는 작업장이 대부분 영세하다는 사실

이다. 급여나 안정성이 높지 않다. 기업은 현장실습생을 미숙련을 핑계로, 비용 절감 기회로 사용한다. 한 마디로, 싸게 부리는 거다. 정부가 나빠서 이들을 착취한 건 아니다. 대졸자와 고졸자 간 차별과 고졸자를 향한 편견이 존재하는 사회에서 정부의 정책이 현실과 맞지 않았다. 계층 이동이 어려워지고, 불평등이 심해지는 현대 사회에서 현장실습생과 같은 사회 초년생은 사회의 약자다.

더 나은 사회를 위하여

전세 사기 피해자인 최지수 저자가 쓴 《전세지옥》은 근래 읽은 인상적인 사회 책이다. 부동상 상승장에서 갭 투자(매매가와 전세가 사이의 '갭'을 노리고 투자하여 단기간 내 시세 차익을 노리는 기법)가 성행했다. 상승장이 있으면 하락장이 있는 법, 하락장에서 부동산 중개인이 안전한 전세라고 말했던 집은 전혀 안전하지 않았다. 살던 전셋집이 경매에 나왔고, 저자는 전세금을 그대로 날렸다. 이 모든 게 합법적으로 진행됐다.

　이 책을 읽으며 잊고 있었던 기억이 떠올랐다. 부동산 중개인이 저자에게 매물을 소개하는 방식이 내가 겪은 것과 비슷했다. 대학생 때와 신혼 시절. 부동산 중개인은 어린 나에게 두 가지 매물을 보여 줬다. 먼저 내가 알고 있는 시세보다 더 비싼 물건을 보여 준다. 감당할 수 있는 예산이 넉넉하지 않다고 말했다. 중개인은 알겠다며, 내가 알고 있는 시세의 물건을 보여 줬다. 단, 근저당액이 꽤 많은 물건이었다. 항의하면, 어린 너가 세상 물정을 몰라서 그런데 네가 알고 있는 실거래가액의 그 물건을 찾는다면 이 정도 근저당액은 감안해야 한다고 말했다. 다행히도, 나에게는 시간이 꽤 있었고, 여러 부동산 중개인과 소통하며 결국에는 내가 알고 있는 시세의 물건을 구할 수 있었다. 운이 좋은 편이었지, 그때나 지금이나 대한민국 사회가 젊은 사회 초년생에게 가혹한 건 마찬가지였다.

연령, 계급, 젠더, 지역, 출신, 피부색에 상관 없이 서로가 서로를 존엄한 생명으로 대하는 사회는 존재할 수 없는 걸까. 사회 정치 책을 읽으며 느는 건 한숨이지만, 어쩌겠나. 보다 나은 사회를 만들기 위해서는 우리 모두가 조금이라도 읽을 수밖에.

나의 현재를 가늠하는 법
[역사]

인간은 실수하고 실패한다. 앞날을 대비한다고 해서 곧 닥칠 위기나 실패를 막는다는 보장은 없다. 때로는 성공할 테고, 때로는 같은 실수를 반복할 테다. 이럴 때 역사를 공부하면 묘하게 마음이 편해진다. 아, 원래 우리는 이런 존재이구나. 인류사는 실패의 역사인데, 그걸 알고도 또 실수하고 실패한다. 전쟁을 일으키고, 금융위기와 대공황이 주기적으로 찾아오고, 민주주의가 실패하고, 독재자가 권력을 잡는, 그게 바로 인류사다. 역사라는 커다란 물결을 개인이 거스를 순 없겠으나, 개인 차원에서는 깨달을 지점이 있다. 인간으로 태어나서 최소한, 저렇게는 살지 말아야 한다, 라는 걸 알려 주는 게 바로 역사다.

오늘날 삶의 근간을 찾아서

한편으로 역사는 우리가 왜 이렇게 살고 있는지를 알려 주는 이야기이기도 하다. 호모 제노센이라는 표현을 아는가? 세계 어디를 가든 스타벅스, 맥도널드가 있고 매일 아침에는 주식 시장이 열리며, 휴대폰으로 언제 어디서든 인스타그램이나 유튜브에 접속할 수 있는 세상. 물론, 이러한 혜택을 누리지 못하는 사람도 여전히 많지만 세상은 그 어떤 때보다 균질해졌다. 이것이 호모 제노센이 의미하는 바다.

　호모 제노센을 이해하기 위해 어떤 역사를 읽어야 할까? 조선사나 고려사? 아주 조금은 도움 될 테다. 그렇지만 지금 우리의 세계를 있게 한 건 유럽이 주도한 모더니티, 근대성이다. 근대성을 정의하는 건 학자마다 조금씩 차이가 있을 텐데, 필자는 개인적으로 에릭 홉스봄의 관점이 큰 무리가 없다고 생각한다.

　에릭 홉스봄은 장기 19세기를 다룬 시대작 3부작인 《혁명의 시대》, 《자본의 시대》, 《제국의 시대》를 분석하면서 근대란 시민혁명과 산업혁명이라는 이중 혁명이 낳은 세계라고 봤다. 물론 여전히 지구에는 자유민주주의가 아닌 권위주의 독재 체제로 운영되는 나라가 많지만 적어도 대한민국에는 이러한 근대화가 일단은 성공적으로 안착했다고 볼 수 있겠다. 대한민국 헌법에서도 우리사회가 '민주공화국'이라 규정하고 개인과 기업의 자유와 창의를 보장한다고 명시해 두었다. 그렇다면 이러한 자유민주주의 산업혁명이 어떻게 진행되었는지를 아는 게 오늘날 우리 모습을 이해하는 첫 걸음일 테다. 나아가 식민지 배라는 아픈 역사를 지닌 우리는 이에 더해 제국주의 식민주의 역사에도 관심을 기울이며 읽어야겠다.

에릭 홉스봄 3부작과 함께 이 분야 고전으로 꼽히는 페르낭 브로델의 《물질 문명과 자본주의》나 엠마누엘 월러스틴의 《근대세계체제》도 지금 오늘날 우리를 있게 한 구조를 세밀하게 분석한 책이다. 브로델이나 월러스틴은 이른바, '세계체제론자'로서 글로벌 자본주의의 작동방식을 탐구했는데, 주체를 국가로 두고 읽는 것도 한 가지 방법이다. 지금이야 국제적 영향력이 다소 쇠퇴했다고 해도 근대를 추동한 건 유럽이다. 우선 유럽 현대사로 이언 커쇼가 쓴 《유럽 1914-1919》, 《유럽 1950-2017》 연작이 있다. 이어서 유럽 강국 근현대사를 도장깨기 하듯 각개 격파하는 방식도 있다. 디트릭 올로 《독일 현대사》, 폴 긴스버그 《이탈리아 현대사》라는 벽돌책이 지적 도전을 자극한다.

알렉산더 미카베리즈가 쓴 대작 《나폴레옹 세계사》 역시 오늘날의 지구를 이해하기 위해서는 빼놓을 수 없다. 나폴레옹, 하면 무엇이 연상되는가. 바로 전쟁이다. 그의 정복 전쟁이 세계사적으로 어떻게 영향을 미쳤는지 분석한 책이다. 아무래도 역사를 읽다 보면 전쟁이라는 주제를 자주 만난다. 전쟁은 일어나지 말아야 할 비극이나, 전쟁이 인류 역사의 중요한 국면이라는 사실은 부정할 수 없다. 앤터니 비버가 쓴 《스페인 내전》의 부제가 '20세기 모든 이념들의 격전장'이다. 혼돈의 시기, 인간은 무력으로 싸우고 글로도 다툰다. 중국의 춘추전국 시대 제후국 간 칼부림이 진행되면서 한편으로 백가쟁명이 벌어졌다. 20세기 스페인에서 재현됐다. 왕당파, 자유주의자, 공산주의자, 아나키스트 등 저마다 현실의 모순을 분석하고 미래향을 제시하며 부딪쳤다.

호모 제노센인 우리는 자본주의 외부가 거의 존재하지 않는 세계에서 균질하게 살고 있지만 저마다 조금씩은 다른 모습으로 존재한다. 대한민국의 자본주의와 미국의 자본주의는 다르듯이 말이다 지금 우리의 모습을 있게 한 스토리가 한국사다. 한국사를 다룬 책을 살펴보려 한다.

앞서 사주나 MBTI와 같은 아마추어 성격 심리 담론이 사회 심리학보다 많은 사람의 인기를 끈다고 지적한 바 있는데, 역사에도 검증되지 않은 이야기가 종종 더 인기를 끄는 경우가 있다. 예컨대, 한민족의 원래 역사 무대는 만주 일대를 넘어 중국 본토에 이르렀고 공자가 한민족이었으며 멕시코 원주민들이 한민족과 관련이 있다는 얘기들 말이다. 지금과 고대의 영토 개념이 달랐음에도, 고조선의 영역을 그리워하며 찬찬한 옛 시대를 그리워하고, 과격한 사람들은 되찾아야 한다고까지 주장한다. 주로 고대사를 향한 검증되지 않은 역사 담론에 대한 반박서로 이문영 저자가 쓴 《유사역사학 비판》을 참고하길 바란다.

　　고대사와 함께 근현대사도 논란이 많은 분야다. 당장 한국전쟁만 봐도 누가 왜 어떤 이유로 했는지에 관해 역사학계에서 치열하게 다툰다. 참전 용사이자 역사학자인 시어도어 리드 페렌바크가 쓴 《이런 전쟁》, 데이비드 핼버스탬이 쓴 《콜디스트 윈터》, 브루스 커밍스가 쓴 《한국전쟁의 기원》까지 두터운 벽돌책이 나와 있다. 소련 쪽 비밀문서가 해제되며 브루스 커밍스로 대표되는 수정주의가 힘을 많이 잊긴 했지만, 한국전쟁을 둘러싼 다양한 관점만 봐도 세상이 얼마나 복잡한지, 함부로 제단할 수 없는지를 깨닫는다.

　　근현대사는 논쟁이 많은 분야이다. 더군다나 현재 대한민국의 모순과 아픔이 연관되어 읽기에는 심리적인 고통이 따른다. 이에 비해 상상할 여지가 많은 고대사를 향해서는 순전히 지적인 호기심이 생긴다. 언어 계통으로 보면 비슷한 한국과 일본은 언제부터 갈라졌을까, 고조선의 영역은 실제 어디까지였을까, 발해 멸망은 정말 백두산 화산 폭발과 관련 있을까 등등이다. 이에 대한 답은 박광일 저자가 쓴 《선 넘는 한국사》, 박정재 교수가 쓴 《한국인의 기원》 등에서 찾을 수 있다. 특히 《선 넘는 한국사》는 그리 길지 않은 분량으로 한국 고대사에서부터 현대사까지 중요한 사건을 요약해 주며, 시중에 퍼져 있는 잘못된 상식도 바로잡는 책이라 한국사 입문서로써 추천한다. 한국사를 더욱 깊게 읽고 싶다면 돌베개에서 펴낸 《시민의 한국사》가 있다. 우리 삶에 가장 큰 영향을 미친 근현대사 부분은 휴머니스트에서 펴낸 《한중일이 함께 쓴 동아시아 근현대사》를 추천한다.

　　최근에 읽은 가장 인상적인 책으로 이연식 저자가 쓴 《다시 조선으로》가 있다. 1945년 해방 이후, 한반도에서 일본인들이 본국으로 건너간다. 반대로 한반도 밖 조선인들이 귀환한다. 2등 시민으로 느꼈던 핍박과 언제 죽을지 모르는 전쟁으로부터 안전하리라 기대한 고국에서의 삶은 이전보다 더 힘들었다. 주거, 식량, 일자리가 부족했고 거리에서 죽어나가는 경우도 생겼다. 밀항선을 타고 일본으로, 다시 만주로 향하는 사람까지 생길 정도였다. 디아스포라 기록인 이 책은 아직까지 청산되지 않은 한일 과거사 문제, 불평등, 민족주의, 젠더 등 다양한 화두를 던진다. 무엇보다 서두에서 나오는 바, 인문학적 소양이 없는 사람들이 돈과 권력을 잡을 때 어디까지 공동체가 무너질 수 있는지를 보여 주는 예로써, 해방 이후 공간을 적나라하게 분석한다.

잃어버린 반쪽을 찾아서

이렇게 쓰고 보니, 역사 공부는 특히나 근현대사 공부는 사회 정치 책을 읽는 이유와 궤를 함께한다는 것을 알게 되었다. 지금 우리 삶이 왜 힘든지를 분석하고, 앞으로 좀 더 안전하고 즐겁게 살 수 있는 방법을 모색한다. 이런 측면에서 한 가지 함께 읽기를 권하고 싶은 분야는 여성사다. 다소 과격하게 말하자면, 최근 많이 나아지긴 했지만 여전히 많은 역사 서술이 반쪽 역사다. 전쟁 영웅, 사상가, 과학자, 성직자가 죄다 남자다. 남자들이 일으킨 전쟁, 남자들의 권력 투쟁 중심으로 역사가 서술되었다.

> "그렇지만, 인류 역사상 여성이 존재하지 않은 적은 단 한 번도 없다. 그 공백을 채우려는 시도가 여성사다."

여성사 쪽 고전은 거다 러너의 《가부장제의 창조》, 《역사 속의 페미니스트》다. 아쉽게도 《역사 속의 페미니스트》는 절판 상태라서 도서관에서 찾아보거나 중고 책을 알아봐야 하지만 《가부장제의 창조》는 구할 수 있다. 서문에서 저자는 '여성 역사의 변증법(the dialectic of women's history)'이라는 개념을 제시한다. 여성은 언제나 존재했고 인류 발전에 중요한 역할을 했는데, 역사적으로는 기록되지 않았다. 이 둘의 메울 수 없는 간극이 여성의 투쟁을 이끄는 힘이고 곧 여성 역사의 변증법이라는 것이다.

　레나드 쉴레인이 쓴《알파벳과 여신》은 훈련받은 역사학자가 쓴 책은 아니나, 흥미로운 여성사를 이야기한다. 의사인 저자는 좌뇌와 우뇌를 나누며, 알파벳으로 상징되는 문자문화가 가부장제와 밀접하게 관련 있다며 고대 근동에서부터 아시아와 이슬람 등 다양한 역사를 검토하며 자신의 논지를 설득한다. 다소 견강부회식 해석도 있긴 하지만, 독특한 관점이며 얼마나 가부장제가 여성을 억압했는지, 그런 과정에서 남자도 그렇게까지 행복하지 않았는지를 재치 넘치는 필체로 보여준다.

　여성사는 아니나, 남자의 삶에 관한 다른 접근도 인상적인 책이 있다. 지금 많이 달라졌다고 해도, 한때 한국의 가부장제 기원을 유교에서 찾으려는 시도가 있었다. 내 개인적인 생각으로는, 20세기 한국의 가부장제는 조선의 성리학보다는 공사 구분을 엄격히 나눈 유럽의 근대성이 더 큰 원인이라 생각한다. 일본은 거쳐 한반도로 들어온 근대성이 2차 세계대전이라는 참극을 만났고, 그 과정에서 강화된 군사주의가 더 큰 원인이라 생각한다. 물론, 그러한 가부장제가 조선 후기 사회 질서였던 성리학과 불화하지 않은 점도 있겠지만 말이다.

　여하튼 그렇게 생각하던 찰나에, 정창권 저자가 쓴《조선의 살림하는 남자들》이나 너머북스에서 나온《윤이후의 지암일기》에서 확인한 조선의 남자들은 마초나 꼰대가 아니었다.

일반화할 수는 없겠지만 집안일도 했고, 여성을 제2의 성이라 여기지 않고 배우자로 아끼는 모습도 있었다. 역사 책을 읽으면 이렇듯 착취가 인간 본성이 아니라 우연한 문화적 구성물이라는 점을 자주 깨닫는다.

> "신분, 인종, 젠더를 향한 억압이 비자연적이라는 걸
> 깨닫고 모두가 우애로운 관계로 함께 살도록 돕는 길,
> 역사책에서 우리는 단서를 찾을 수 있다."

결국, 역사는 재미난 이야기

지금까지는 올바른 세상을 만들어가기 위한 역사 공부를 얘기했지만, 굳이 이렇게까지 거창한 명분을 내세우지 않더라도 역사책은 재밌다. 빌 브라이슨이 쓴 《거의 모든 사생활의 역사》와 같은 책은 그냥 읽기에 재밌다. 우리가 언제부터 지금과 같은 공간에서 살았는지를 추적한 책인데, 시중에는 이렇게 주제로 읽는 역사 책이 꽤 나와 있다. 사람과나무사이 출판사에서 꾸준히 펴내는 '세계사를 바꾼' 시리즈가 대표적이다. 약, 식물, 맥주에 얽힌 다양한 사건과 인물을 재밌게 서술했다.

개인적으로 한때 흥미롭게 읽었던 분야는 음식 인문학이다. 시작이 역사 책은 아니었는데, 사회학자 정은정 저자가 쓴

《대한민국 치킨전》을 시작으로 한국의 식문화에 관심이 생겼다. 주영하 저자가 쓴 《한국인은 왜 이렇게 먹을까》, 《식탁 위의 한국사》, 《백년식사》를 읽으며 김치, 한국식 중식, 돈까스와 카츠 등 특정 음식의 기원에서부터 우리의 식사 습관에 이르기까지 풍성한 이야기를 접할 수 있었다. 이런 책들은 흥미 위주로 읽은 역사 책이지만, 우리의 식문화가 혼종의 역사라는 점을 알면, 이 역시 차별과 배제보다는 수용과 어우러짐이 우리 사회가 나아가야 할 지점이라는 사실을 깨닫는다.

나의 경험이 특별한 것 같지만은 않다. 역사란 이야기고, 이야기가 재밌다 보니 유튜브 쪽만 봐도 철학 유튜버보다는 역사 유튜버의 인기가 높다. 역사 유튜버의 콘텐츠가 책으로까지 이어지기도 한다. 다만, 이 책에서 여러 번 거듭 강조하는 바, 화면보다는 활자로 보아야 더 깊이 읽을 수 있다. 더 멀리 나아갈 수 있다.

미래를 위한 면역력
[자기계발]

서점에서 상당히 큰 공간을 차지하는 분야가 자기계발이다. 동기 부여라고 불리기도 한다. 어릴 때부터 자기계발 책 한 권도 안 읽고 자란 독자는 없으리라. 필자는 중학교 영어 교과서에서 지문으로 데일 카네기의 글을 만난 기억이 난다. '다른 사람은 너에게 관심이 없다, 대화를 할 때는 너의 이야기가 아니라 타인의 이야기를 듣도록 하라, 다른 사람의 생일을 꼭 챙겨라.' 대충 이런 내용이었는데, 아마도 《데일 카네기 인간관계론》의 일부 내용이 아니었을까 추측한다. 적어도 해당 영어 교과서로 공부한 세대는 자기계발서를 한 번이라도 접한 거고, 《마시멜로 이야기》라든지 《시크릿》 등을 읽어 본 독자가 많을 테다. 이 책들이 하는 메시지는 근대 철학자 프리드리히 니체의 격언과도 어느 정도 통한다.

"초극하라."

헤르만 헤세가 쓴 장편소설 《데미안》 속 알과 새의 비유와도 궤를 함께한다. 새가 태어나기 위해서는 알을 깨어야 하는데, 알은 세계다. 인간은 익숙한 세계를 끊임없이 깨부수어야 한다. 그대여 주말에 늦잠 자고, 일어나서 멍하니 넷플릭스 보며 인생을 허비하지 말게. 인간이란 자고로 늘 자신을 극복하기 위해 노력해야 하는 존재라네. 책을 읽든, 새벽에 일찍 일어나든, 무엇이든 하란 말이야! 이것이 자기계발, 동기부여 책이 강조하는 세계관이다.

성공학 강사가 활약할 판을 깔아 준 코로나 팬데믹

성공하느냐 마느냐는 운칠기삼이다. 운이 70퍼센트, 나머지 30퍼센트가 본인의 노력이라는 의미다. 자기계발, 동기부여 책에 접근할 때도 이 네 글자를 가슴에 새기는 게 필요하다. 일단, 먼저 자신의 성공을 오롯이 본인의 지능이나 능력 덕이라 말하며 자신이 가르쳐 주는 대로 한다면 될 거라고 말하면 그냥 거르자. 게다가 유료 독서모임이나 강의를 권한다면 도망치세요! 그 금액이 높을수록 거짓말이고 사기일 확률이 높다.

인류는 코로나19 팬데믹이라는 사건을 겪었다. 아마 대부분에게 전대미문의 전염병일 터. 좀 오래 사신 어르신들은 일제 강점기 때 세계를 휩쓴 스페인 독감을 겪은 분도 있겠으나, 아마도 우리 대부분에게 코로나19는 처음 겪는 일이었다. 직장, 학교가 폐쇄됐다. 거리두기가 심할 때는 세 명 이상 모임 금지 조치도 취해졌다. 많은 사람이 죽었고, 내가 감염될지도 모른다는 두려움으로 내일이 보이지 않았다. 한편 세계 각 정부는 디플레이션 공포에 맞서기 위해 재난지원금을 포함한 돈을 풀었다. 특히 최강대국, 기축통화를 지닌 미국의 확장 정책은 세계 자산 시장을 빠르게 부풀렸다.

유동성 확대를 거름 삼아 자칭 부동산 전문가, 주식 전문가를 비롯한 투자 전문가들이 우후죽순 솟아났다. 누군가가 코인으로 대박나서 회사를 관뒀다더라, 누군가는 똘똘한 서울 한 채로 수억을 벌었다는 이야기가 들려왔다. 이런 배경에서 혜성처럼 등장한 성공학 전문가들을 향한 관심이 높아졌고, 그들은 어김없이 책을 내고 강의를 팔았다.

비슷비슷한 이야기였다. '어릴 때 지독하게 가난했다. 콤플렉스 덩어리였다. 늘 돈이 없었기 때문에 누구보다 돈이 중요하다는 걸 일찍 깨달았다. 돈을 벌기 위해서는 기존의 나 자신과 결별하고 새로운 나를 만들어야 했다. 헤르만 헤세의 《데미안》에 나오는 알을 깨고 나와야 한단 말이다! 미친 듯 노력했다. 책을 열심히 읽었다. 책에 답이 있었다! 그리고 지금은 성공해서 경제적 자유를 달성했다. 이미 돈을 많이 벌어, 돈에 관심이 없으나 선한 영향력을 발휘하기 위해 책을 쓴다. 인스타와 유튜브도 한다. 책에도 약간의 실마리가 있긴 하나, 좀 더 구체적인 방법을 알고 싶다면 강의를 들으시오.'

뭐, 대충 이런 스토리다. 이들을 일컬어 '성공학' '강의팔이'라고 칭하기도 하는데, 원조로는 일본의 요자와 츠바사가 꼽힌다. 인터넷을 통해 새로운 기회가 열렸고, 이 기회를 이용하면 단기간에 엄청난 돈을 번다고 홍보했다. 어떻게? 자신의 강의를 들으면 된다! 물론 그가 낸 책도 잘 팔렸다고 한다. 그의 실체가 드러난 다음 피해자로부터 소송당하고, 본업도 파산하며 망하는 듯했으나 스스로 밝히기로는 투자로 재기에 성공, 다시 부자가 되었다고 한다. 진정성과 공정함을 추구해야 할 사회에서, 참 짜증나게 하는 존재이나 어쩌나. 그런 사람이 한둘이어야지. 여하튼, 우리는 저런 사기꾼에 지갑을 내어 주지 않는 게 먼저다. 나처럼만 하면 당신도 할 수 있다, 라는 사람을 만난다면 대응 방법은 《인생에 대해 조언하는 구루에게서 도망쳐라, 너무 늦기 전에》제목이 답이다. 이 책은 자기 계발에 대한 비판이라기보다는 검증되지 않은 사이비 과학이나, 가짜 심리 치료 기법에 대한 비판서이긴 한데, 우리가 유념해야 할 건 이거다. 삶의 주인은 나 자신, 나를 믿자!

무자본 창업, 소자본 창업으로 수익 자동화를 이루었다는 성공학 강사들이 알려 주는 실천법 중에 흥미롭게도 책 열심히 읽고, 글 열심히 쓰기가 있다. 출판계 종사자로서, 이들에게 감사하다면 감사해야 할까. 다만, 책 많이 읽어도 돈 버는 방법은 안 보인다. 내가 증명한다. 책을 1년에 100권씩 읽어도, 돈 버는 법, 안 보인다. 인문학 강조하는 사람들은 고전을 읽으라고 하는데, 고전 읽으면 더더욱 돈 벌 길과 멀어질 뿐이다. 그쪽은 자본주의 비판를 높게 쳐주는 분위기라, 개인이 부자가 되는 길보다는 사회 전체가 이타적이 되는 길을 원한다. 극단적으로는 부자보다는 사회 혁명을 소망한다. 필자도 20대 때는 안토니오 네그리와 마이클 하트가 쓴 《제국》을 읽으며 진짜 자본주의는 망할 줄 알았다. 참고로 그 책은 신자유주의적 자본주의 질서가 위기에 처했고 무너질 수도 있다는 논리와 근거를 제시한다.

그렇다면 왜 성공학 강사들은 독서를 강조할까. 아마, 자기 책을 많이 사달라는 의미도 있을 테고. 책이 그다지 비싼 상품이 아닌데, 뭔가 고상해 보이는 느낌이 있어서가 아닐까. 게다가 독서와 글쓰기가 부의 추월차선으로 진입하는 방법론이라는 건 반증 불가능한 문제다. 책 읽어서 아주 소수가 돈 버는 아이디어를 발견할 수 있다. 아닐 수도 있고. 이 때문에 성공학 강사들에게 독서 모임은 변명할 여지를 준다. 선한 영향력 아니냐고. 뭐, 그럴 수 있다. 하지만 성공학 강사들이 자신들이 낸 책을 서로서로 추천해 주고, 양질의 책 대신 이런 비슷한 책들이 베스트셀러를 점령하는 건 대한민국 독서 지형에 좋은 일이라고만은 할 수 없다.

좋은 책은 인생을 윤택하게 하는 데 도움이 된다. 그건 책만이 아니라 음악, 미술 작품도 마찬가지이므로 독서에 절대 권위를 부과할 필요는 없다. 책만을, 책에 절대성을 부여하는 사람은 글쎄. 책을 잔뜩 읽고 글쓰기를 매일 실천하면 인생이 바뀌고, 성공하는 길이 열린다고 하는 사람. 독서 모임에 끼워 줄 테니 돈을 내세요, 라고 한다면 도망치세요, 그 사람으로부터. 글 써서 돈 벌 수 있다고 말하는 사람은, 무조건 거르자.

일부 성공학 강사들은 돈 버는 방법으로 무자본 창업을 강조했다. 무자본이라면 리스크가 없다는 의미고 여기에 고수익이라고 하니, 이만큼 끌리는 말이 어디 있을까? 역시 결론부터 말하자면, 어렵다. 대한민국은 자본주의가 성숙기에 접어든 나라다. 고도성장기가 아니다. 우리가 필요한 물품은 대부분 잘 만드는 기업이 있다. 진입장벽이 높다. 물론, 배달의 민족과 같이 혜성처럼 등장해 엄청나게 커지는 회사도 존재하긴 한다. 예외다.

물론 자영업에서도 상위 1%는 어마무시하게 벌 테다. 그렇지만 그 상위 1%의 대부분은 부의 추월차선으로 단기간에 부를 거머쥔 게 아니라 수없는 시행착오를 겪고 기나긴 세월에 걸쳐 부를 이뤘을 확률이 높다. 많은 자영업자 분들이 그러하듯, 1년에 마음 놓고 쉬는 날은 열 손가락 안에 꼽을 정도다. 이런 현실임에도 성공학 강사들은 아이디어만 있으면 무자본 창업, 소자본 창업으로 단기간에 큰 부를 획득할 수 있다고 말한다. 못하면 너의 지능 탓. 너의 노력 탓. 가스라이팅이다. 일부 성공학 강사들은 가스라이팅의 귀재들이다. 특히 부러 세게 말하는 사람들.

"충격 요법으로 돌직구를 던진다고 하는데, 심리적으로
  취약한 사람이 맞으면 그저 아플 뿐이다."

소중한 내 월급, 따뜻한 회사

파이어. 조기 은퇴. 경제적 자유. 근로 소득을 향한 시선이 이토록 낮은 적이 있었을까. 건너 건너 코인으로 대박 나서 회사 관뒀다는 소문을 들은 적은 있지만. 반복합니다. 예외일 뿐, 법칙은 아니라고. 부동산, 주식, 장사 등 그 어느 것 하나 쉬운게 없다. 진위를 알 수 없는 성공학 강사들로부터 치트키를 발견하고자 한다면, 실패할 확률이 높다. 게다가 그 성공학 강사들의 인생이 가짜였다면 울화통이 치밀 노릇이다. 물론, 책 한권이야 가격이 그리 비싸지 않으니 밥 한 끼 건너 뛰는 셈 치고 사 볼 수 있다 치지만 수십만 원짜리 강의를 들은 사람이라면 집단 소송단을 꾸릴 만도 하다. 확실하진 않지만, 피해자중 상당수가 사회 초년생이라고 하던데 전세 사기도 그렇고 지금 이 사회는 왜 이토록 청년들에게 사기를 칠까.

마흔이 되면 대충 내가 어떻게 살지 어떤 위치까지 갈지, 나의 지인은 어떤지 보인다. 내가 인문계고를 나온 인문대 졸업생이라는 한계도 있겠지만 주위를 보면 학교 생활 성실히 하고 좋은 직장 들어가서 계속 회사 생활하고 있는 친구들이 그나마 대한민국에서 중산층 조건에 부합하게 살고 있다. 의대나 치대 간 애들은 당연히 돈 잘 번다. 장사하는 친구도 몇 있긴 한데, 터놓고 돈 얘긴 안 해 봤지만 그 친구들은 진짜 바쁘다. 휴일이 없다. 돈을 벌었다고 해도 성공학 강사들이 이야기하는 두 자릿수 억 단위는 절대 아니다.

생각해 보면 당연하다. 경제 주체에는 국가, 기업, 개인이 있다. 이중에 가장 돈을 많이 버는 주체는 무엇일까? 기업이다. 개인으로 사업체 세워서 성공하는 아주 예외인 경우도 있지만, 나를 향한 메타인지를 시도해 보자. 나는 내가 살면서 상위 0.001%에 들어 본 적이 있을까? 없다면, 그나마 차선책은 좋은 기업에서 일하는 게 아닐까. 좋은 회사가 아니라면, 열심히 일해서 나의 성과를 증명해 좋은 회사로 이직하는 것도 방법이다. 아니면, 주어진 위치에서 열심히 일하여, 회사와 함께 성장하는 것도. 물론, 이 역시 어렵긴 하지만 소자본 무자본 창업보다는 좀 더 확률 높고 안정적이다.

자기계발, 동기부여 책의 존재를 완전히 부정하지는 않는다. 다만 개인적으로는 자기계발이라고 적힌 코너보다는 다른 책에서 동기부여를 얻었던 듯하다. 대단히 성공한 사람의 삶보다는 각자 일상에서 성취해 나가는 삶을 통해서 말이다. 매년 목표가 영어, 일본어 다시 공부하기인데 《지구에서 영어생활자로 살아남는 법》, 《긴 인생을 위한 짧은 일어 책》을 읽으며 의욕을 다졌다. 《지구에서 영어생활자로 살아남는 법》는 한국에서 평범하게 직장 생활하다 뒤늦게 어학 연수를 위해 미국으로 떠났고 여러 시행착오를 거쳐 국제기구에서 홍보 전문가로 일하고 있는 백애리 저자가 쓴 책이다. 《긴 인생을 위한 짧은 일어 책》은 응용언어학을 전공한 김미소 교수가 쓴 책으로 읽는 내내 미소 짓게 한다. 일본에 연구 자리가 나면서 서툴렀던 일본어를 공부하며 겪는 좌충우돌을 유쾌한 문체로 이끌어 나간다. 두 책 모두 태어났을 때부터 외국어 천재는 아니었다. 초보에서 능력자로 변해가는 과정을 읽다 보니 나도 외국어 공부를 하고 싶어졌다.

물론 신년 계획은 작심삼일이고, 계획은 포기하는 재미도 쏠쏠한지라 실천에 옮기진 않았다. 어쩌면 이러한 인간 본성이 자기계발, 동기부여 책이 계속 존재하는 이유인 것도 같다. 현실의 나와 이상향으로 그리는 나 사이의 간극. 이 간극은 결코 없어지지 않을 테며, 둘 사이의 변증법으로 화제를 모으는 자기계발 책은 계속 나올 것이다. 강조하지만, 우리의 역할은 가짜에 속지 않기다.

글 써서 돈 벌기는
어렵다.

글 쓰는 데 드는 진입장벽은 금전적으론 사실상 없다. 물론 글을 잘 쓰는 건 꽤 오랜 시간이 들고, 글 잘 쓴다고 인정받기까지 드는 유무형의 자산이 필요한 건 사실이지만. 그럼에도 불구하고 억 단위가 필요한 음식점 창업이라든지, 다른 산업에 비하면 진입장벽이 낮은 건 맞다.

그러나 기대할 수 있는 수익에 비해 투여해야 할 노동은 만만치 않다. 책 한 권 쓰기 위해서 드는 시간은, 사람마다 다르겠지만 나의 경우에는 집필에만 쓴 시간은 60시간이고. 그 글을 쓰기 위해 자료 조사, 기획한 기간은 4~5달 정도. 인세로 얼마 벌었냐면 그냥 웃지요. 하하. 기쁨의 웃음이 아니라 허탈함에서 나오는 실소다. 물론 책 쓰는 목적은 돈이 아니다.

《세계 끝의 버섯》 역자 말에도 이러한 말이 나온다. 저자, 번역가는 돈을 벌기 위해 글을 쓰고 글을 옮기는 게 아니다. 돈을 생각한다면, 다른 일을 하는 게 맞다. 그럼에도 불구하고 이 일을 하는 이유는,《세계 끝의 버섯》의 핵심 메시지와 맞닿아 있다. 탈자본, 자본의 논리에서 벗어난 가치가 우리를 글 쓰게 하고, 글을 읽게 만든다. 진리, 헌신, 공동체 소속감 등등 다른 가치가 책을 읽게 만들고 글을 쓰게 한다. 물론 고가의 전자책으로 돈을 벌었다는 사람이 있긴 한데, 도의적으로 맞나 고민해 볼 사업 모델이다. 성공한 기업가의 자서전이나 평전조차 2~3만 원 내로 살 수 있으니 말이다.

책 사려면 돈도 필요하고
[경제/경영]

가족과 함께 강릉으로 여행을 떠났다. 초등학생인 아이들을 위해 전시관, 박물관 위주로 돌다가 창의성을 주제로 한 '디자인 씽킹 뮤지엄'에 들렀다. 그곳에는 시인과 수필가, 서예가가 만든 창작품이 펼쳐져 있었다. 대가의 작품에서 느껴지는 아우라에 가슴이 웅장해졌다. 특히나 무소유를 강조한 법정 스님의 글과 정희성 시인의 시를 읽으며 가슴이 벅차올랐다.

　　관람객 동선 끝에는 방명록을 남길 수 있는 공간이 마련되어 있었다. 포스트잇과 포스트잇을 붙일 수 있는 게시판이 있었다. 다른 사람들의 감상은 어땠을까, 궁금하여 읽어 봤는데 몇 편 읽자마자 웃음이 나왔다. 토씨 하나 틀리지 않고 그대로 두 편만 소개하자면, 이렇다. "돈 졸라 많이 벌고 싶어요.", "Show me the Money."

이것이 오늘날 대한민국 사회의 초상이다. 돈과 권력으로부터 자유로워지기를 추구하는 문학 작품이 전시된 자리였지만 사람들이 느낀 감상은 '돈 많이 벌게 해 주세요'를 벗어나지 못 했다. 가족의 건강과 옆사람을 향한 사랑을 표시한 감상도 있긴 했으나, 유독 나의 시선을 사로잡은 글은 물욕이었다. 돈을 향한 욕망에서 그 누가 자유로워질 수 있을까. 프랑스 철학사 파스칼 브뤼크네르는 《돈의 지혜》에서 금전적 보상을 포기하는 편이 행복으로 가는 길이라 말한 문인과 연구자조차도 정작 금전적 보상을 포기한 적이 없다고 지적한다. 나 역시 매주 로또를 사고, 솔직히 고백하자면 이 책 출판권에 관한 계약금이 들어오지 않았다면, 이 글을 쓰지 않았을 것이다. 새삼, 강조할 필요도 없이 돈은 중요하다.

우리 대부분은 가난해요

왜 돈이 중요할까? 칼 마르크스는 화폐에는 목적이 없고, 무한 증식만이 존재의 근거라고 했다는데 화폐를 사용하는 주체로 시선을 돌리면 돈을 원하는 데는 목적이 있다. 나 자신도 그렇고, 지금까지 만난 사람들 대부분이 돈 버는 게 그 자체로 목적인 사람은 드물었다. 대기업 총수라든지, 수익률에 집중하는 전업 투자가 정도는 화폐의 무한 증식이 곧 삶의 목적이겠으나, 나를 비롯한 많은 사람에게 돈이 중요한 까닭은 결핍 때문이다. 돈이 없으니까 돈이 필요하다. 노후는 언감생심이다. 당장 한국에 의식주 걱정 없이 내일을, 1년 뒤를 걱정하지 않고 잠들 수 있는 사람이 과연 몇이나 될까?

한국은행은 2023년 대한민국이 국민소득이 3만 6,194달러를 기록해 OECD 13위이며 일본을 앞섰다고 발표했다. 인구가 5천만 명이 넘는 나라 중에서 국민소득 3만 달러 이상인 나라는 세계에서 7개밖에 없는데, 대한민국이 당당히 그 중 하나라고 한다. 크, 대한민국을 향한 자부심으로 가슴이 웅장해진다. 이 정도면 대한민국이 부국 아닌가. 아니, 잠시. 그런데 내 삶은 왜 이렇게 팍팍하지? 나만 돈 없고 나머지 한국인들은 잘 사나!

최근에 읽은 《자살하는 대한민국》은 그렇지 않다고 말한다. 국민소득 3만 달러라는 통계가 조작된 것은 아니다. 그저 물가도 그만큼 높은 탓이다. 《자살하는 대한민국》의 논지를 좀 더 빌려서 설명하면, 특히 거주비가 비싸다. 이유는 단순명쾌하다. 일자리를 비롯한 모든 게 서울에 집중되어 있고 사람들이 몰린다. 어느덧 준조세 성격이 되어버린 사교육비도 문제다. 식비도 올랐다. 거의 대부분의 먹거리를 수입에 의존하는 대한민국인데, 세계를 강타한 인플레이션에다 달러 강세까지 맞물리며 수입 물가가 높이 뛰었다. 요즘 한끼는 1만 원으로도 해결하기 어렵다. 여의도에서 직장 생활 15년 하며 느낀 점은,

도시락 싸다니는 비율이 늘었고 그러다 보니 자연스레 식당가도 한산하며, 폐업하는 음식점도 많다. 내수 부진이 식당만 가도 체감된다. 낮은 노동 생산성도 한국사회를 압박한다. 낮은 노동 생산성과도 관련이 있는데, 지나치게 비대한 자영업 비중도 문제다. 높은 경쟁으로 자영업 종사자들의 소득이 높아지기 어렵다.

"모든 게 올랐다, 내 월급만 빼고."

이런 한탄은 사실 한국만의 사정이 아니다. 프랑스 경제학자 토마 피케티가 벽돌책《21세기 자본》에서 방대한 데이터로 증명한 내용이기도 하다. 토마 피케티는 자산 불평등이 글로벌 자본주의 불평등의 핵심이라고 지적했다. 노동 소득의 격차보다 자산 소득의 격차가 불평등에 더 큰 영향을 미친다는 것이다. 예를 들어, 사원과 CEO의 월급 차이도 크지만, 더 중요한 차이는 주식과 부동산 같은 자산 소유 여부에서 온다. 주식과 부동산과 같은 자산을 효과적으로 소유하고 관리를 하느냐가 21세기 불평등을 이해하는 주요 틀이다.

이런 관점에서 한국인이 돈이 없다는 사실은 이렇게 수정해야 할지도 모른다. 대부분의 한국인이 돈이 없다로. 전부가 아니라 대부분이라 말한 이유는, 다음에 소개할 통계는 다른 내용을 시사하기 때문이다.

개인적으로, KB금융에서 발표한 '2022 한국 부자 보고서'를 흥미롭게 봤다. 부동산을 제외하고 금융자산만 10억 원 이상을 보유한 사람이 한국에 몇 명이 될까? 독자들도 한 번 예상해 보라. 정답은 42만 4천 명이다. 적은가, 많은가? 나는 생각보다 많다고 생각했다. 그리고 이들 부자 중 70퍼센트 이상(29만 8천 명)이 수도권에 거주했다. 고개가 끄덕여졌다. 내 차는 시세 300만 원짜리 12년 차 국산차인데, 도로에는 억을 넘는 독일 3사를 비롯한 각종 고급차들이 흔하게 보이는 게 21세기 대한민국 풍경이다. 아 그렇구나, 대한민국에 부자는 많았구나. 요즘 1인 가구도 많다고 하지만, 30만 명 모두 1인 가구는 아닐 거고 왜곡을 감수하고 3인 가구로 잡아 보자. 요즘 한 가구당 2~3인 사이일 것이다. 어쨌거나. 그럼 대략 100만 명에 가까운 사람이 당장 동원 가능한 돈만 10억 이상 있는 가족이라는 의미다. 보통 사람들에게는 평생을 모아도 살 수 없는 서울의 중간 정도 입지의 구축 아파트 정도를 그냥 일시불로 살 수 있는 부자가 10퍼센트! 이런 사고의 흐름을 따르다 보니, 그렇구나 수도권 아파트값 거품 아니구나, 하는 깨달음이 왔다.

　　《자살하는 대한민국》에서 말한 대로 많은 한국 사람들이 돈이 없다는 것도 맞고, 대한민국에 부자가 많다는 통계도 맞다. 토마 피케티가 분석한 대로, 양극화가 심해진 것도 맞다. 그래서 개인은 어떻게 하는 거야? 이 책이 초지일관 주장하는 대로, 일단 책을 읽자. 거시 담론은 정치학자, 경제학자, 정치인에 맡겨 두고 당장 사회가 바뀔 것 같진 않다. 우리는 우리 자산을 지키고 불려야 한다. 소설·인문·과학 책 모두 살아가는 데 필요하지만 무엇보다 가장 중요한 분야 책이 바로 '돈'이다. 토대가 상부구조를 결정 ― 상부구조의 자율성도 나름 존재하긴 하지만 ― 한다는 마르크스의 지적은 개인에도 마찬가지다. 정신 승리가 가능하긴 하지만, 돈 없으면 삶이 쉽지 않다.

주식은 가끔 행복했고 자주 불행한 나라

첫 월급으로 고금리 저축은행에 적금을 들었다. 그때 금리를 똑똑하게 기억한다. 1년 6.0퍼센트, 2년 6.2퍼센트. 시중 주요 은행의 금리도 4퍼센트 후반으로 결코 낮지 않았지만, 그럼에도 불구하고 저축은행이 내거는 6.2퍼센트의 유혹이 너무나 강력했다. 그렇게 매달 100만 원씩 차곡차곡 돈을 모았고, 20개월이 흘렀다. 만기까지 얼마 남지 않은 상황. 웬걸. 뉴스에 내가 적금 들여놓은 은행이 연신 방송됐다. 이른바 저축은행 부실 사태. 맞다. 그 피해자 중 한 명이 바로 나였다. 물론, 예금자 보호법이 적용되는 금액이었고, 부실한 그 저축은행을 다른 은행이 인수해 줬기에 돈이 증발하진 않았다. 그렇지만 인수가 진행되기까지 꽤 오랜 시간 내 돈인데 빼지도 못하고, 사전에 약속받은 이자를 받을 수 있다는 확답도 듣지 못했다.

에라이, 이럴 바에 나는 주식으로 간다! 그렇게 나는 주식이라는 하루는 기쁨을 주고 사나흘은 슬픔을 주는 세계에 진입했다. 주식해 본 사람은 여러 차례 느꼈을 텐데, 많은 주식이 하루 급등하면 사나흘은 조정을 거친다. 말이 좋아 조정이지, 내 자산 가치가 깎이는 거다.

아니, '책 고르는 법'을 알려 주겠다고 하면서 웬 주식 얘기냐 하시는 독자가 있을 텐데, 주식이든 부동산이든 이른바 '재테크'라는 영역, 이 영역이야말로 꼭 독서가 필요한 분야라는 말을 하려고 여기까지 왔다. 많은 개인 투자자들이 책 한 권 읽지 않고 주식 투자에 나선다. 들리는 소문만 듣고 산다. 사는 건 행복하다. 하지만 팔 수 없다. 왜? 오르면 더 오를 것 같아 팔지 못하고, 내리면 본전 생각 나서 못 판다. 오르던 주식을 안 팔고 놔뒀는데, 며칠 지나고 보니 떨어졌다. 역시, 본전 생각 나서 못 판다. 이런 실수를 반복하다 보면 내가 선물이나 코인에 손을 댄 것도 아닌데, 주식 계좌가 반 토막 나는 게 한순간이다. 시중에 나와 있는 많은 주식 책은 이런 실수를 줄여 주긴 한다. 주식에 관한 책만 읽어도 계좌 반토막 날 정도의 손실을 입는 경우는 절대로 없다고 단언한다.

온라인 서점에서 일하고, 필요한 책도 주로 온라인 서점에서 구하지만 주말에는 가끔 오프라인 서점에 간다. 서점 자체가 목적일 때도 있긴 하지만, 주로 대형 쇼핑몰에 간 김에 입점해 있는 서점에도 들린다. 경제경영, 재테크 책이 모여 있는 매대에서 책을 구경하다 신기한 사실을 발견했다. 부동산, 주식 책을 쓴 저자의 이력 말이다. 거의 한 치의 오차도 없이 발견되는 레토릭은 이렇다.

　'우연한 계기로 부동산, 주식에 입문한다. 초심자의 행운이 깃들어, 처음에는 내가 천재인 줄 알았으나 곧 엄청난 손해를 본다. 절치부심, 뼈를 깎는 고통을 참고 연구하고 실전에 적용해 마법의 공식을 발견했다! 연 수익 몇백 퍼센트를 달성하고, 이제 그 비법을 책에 공개하기로 하겠다. 평범한 나도 했으니, 너도 할 수 있다.' 여기에다 빈한했던 어린 시절, 돈 없어서 겪어야 했던 서러움과 불편함이 추가되기도 한다.

　이러한 저자 소개를 믿지 않는 건 아니지만, 그래도 천편일률적인 스토리를 읽다 보니, 과연 진짜일까? 하는 생각은 든다. 어쨌든, 투자서에서 저자의 스토리는 대단히 중요하여, 투자에서 성공했다는 조건이 필요한 건 불문율이다. 그럼에도 불구하고 감히 경제경영서의 세계를 책에 넣기로 한 건, 책이 돈 버는 법을 알려 주진 못하더라도 덜 잃는 방법을 가르쳐주긴 한다고 믿어서다. 워런 버핏이 말하지 않았던가. 투자의 제1원칙도, 2원칙도 '잃지 말라' 아니던가.

　투자서는 아니나, 주식에 관해 흥미로운 책 한 권부터 소개하고 시작하자. 책 제목은 《개미는 왜 실패에도 불구하고 계속 투자하는가?》이다. 인류학을 공부하는 저자가 쓴 이 책은, 전업투자자 수십 명을 인터뷰하고 직접 그들과 어울리며 겪은 내용이 바탕이다. 이들은 왜 전업투자자가 되었는가? 직장에서 이른 은퇴, 은퇴하고 나니 마땅히 할 게 없음, 자영업 창업하자니 안 되는 게 뻔함. 그동안 모아둔 돈으로 전업 투자자의 길로 나선다. 대부분 승률이 그리 좋진 않지만, '하늘이 열리는 순간'(코로나 팬데믹 이후 자산 시장의 급팽창과 같은 대세 상승장)이 십 년에 한두 번은 생긴다. 다만 하늘이 열리는 순간까지 버티기가 쉽지 않다.

나는 투자서의 저자처럼 수십억의 수익을 거두거나 수백 퍼센트의 수익률을 기록한 적은 없지만, 오랜 시간 부동산과 주식 시장의 흥망성쇠를 지켜봤다. 많은 사람들이 소문을 따라 자산 시장에 진입하고, 초기에 몇 번의 행운을 경험하며 자신이 투자의 천재라고 착각한다. 그러다 가용 자산을 모두 동원하고, 심지어 신용까지 끌어쓴 뒤 빈털터리가 되는 경우가 적지 않다. 주변에서도 적게는 수백만 원에서 많게는 수억 원을 잃은 사례를 흔히 볼 수 있다. 주변에 적게는 몇 백, 많이는 몇 천에서 몇 억을 투자로 날린 경우를 봤을 테다. 이런 일이 어떻게 생기는지 보면, 어느 정도 전형적인 스토리가 있다.

주식 투자는 소액으로 쉽게 시작할 수 있어 부동산보다 진입장벽이 낮다. 많은 투자자가 정기예금보다 조금 나은 수익을 기대하며 '하늘이 열리는 순간'을 기다린다. 코로나19 팬데믹 이후, 막대한 유동성 덕에 코스피는 3,300을 돌파했고, 삼성전자와 네이버, 카카오도 급등했다. 이 시기엔 투자하지 않던 사람들도 불안감을 느끼며 주식에 뛰어들었다. 평생 예적금만 해 오던 사람들이 주식 계좌를 트고, 종목을 하나둘 사기 시작한다. '벼락거지'라는 말이 유행했고, 애널리스트와 언론도 장밋빛 전망만 내놓았다. 공무원 준비생들조차 종목을 추천할 정도였다. 하지만 이런 버블장은 오래가지 못하고, 붕괴의 위험이 크다.

어느 날, 계단식 하락이 시작된다. 하락장에서는 기술적 분석, 기본 분석 안 통한다. 코스피가는 3,300을 찍고 2,100까지, 가끔 반등하는 모습도 보여 줬지만 계단식 하락으로 쭉 밀렸다. 이 과정에서 처음 하락을 맞본 사람들은 떠난다. 역시 개미는 돈을 못 벌어! 나 역시 계단식 하락장에서 적절할 때 빠져나오지 못해 벌었던 수익을 대부분을 까먹었고 하락장의 마지막에서는 원금에서 손실이 나기까지 했다. 2023년 상승장에서 다시금 원금을 복구하고 수익을 얻기까지 꽤 오랜 시간이 걸렸다. 포기하지 않고 힘을 얻기까지 《투자의 역사는 되풀이된다》에서 특히 힘을 얻었는데, 팬데믹 전후의 상황을 알기 쉽게 쏙쏙 해설해 줬다.

투자와 투기의 차이는 어디에 있을까? 사고파는 이유를 알면 투자이고, 그렇지 않으면 투기가 아닐까? 그러한 투자 아이디어를 얻을 수 있는 채널이야 요즘은 책 외에도 널렸고, 특히나 유튜브에서 여러 정보를 얻을 수 있다. 그럼에도 불구하고 책상에 앉아 진득하게 책을 읽어야 하는 이유가 있다.

일단 책은 병렬독서가 가능하다. 병렬독서가 가능하다는 의미는, 고를 수 있다는 뜻이다. 투자에는 여러 기법이 있다. 크게는 차트를 중식하는 기술적 분석과 기업의 펀더멘탈을 강조하는 기본적 분석이 있다. 강환국 저자가 한국에 대중적으로 유행시킨 퀀트도 있다. 저마다 강조하는 지점이 다르므로 이론에 실전을 겪으며 나에게 맞는 방법을 익혀야 한다. 그렇지 않으면 투자가 아니라 투기가 된다. 내가 잃었을 때 납득할 만한 이해를 찾지 못한다면 짧게는 돈을 잃은 것이고, 길게 보면 돈을 벌 기회 자체를 잃어버리는 것이다. 어쩌면 부모 자식, 부부간 연도 끊길 수 있다. 불행을 막기 위해서는 유튜브에서 떠도는 파편적인 정보에 의존할 게 아니라, 적어도 투자서 10여 권 정도는 진득하게 읽고 투자에 나서야 한다.

그때는 맞았지만 지금은 틀린 게 투자의 세계인지라 특정 저자를 신성시하며 그 기법만 숭상할 필요는 없다. 해서도 안 된다. 리딩방에서 사부님, 선생님 하며 방주를 칭송하다 나락 간 사람 여럿이다. 사실, 그도 모른다. 여기서 제시 리치모어라는 인물이 떠오른다. 월가의 전설적인 투자자로, 추세 기법을 선두한 그는 한때 성공적인 투자자였으나, 몇 차례 파산하고 결국엔 권총 자살로 생을 마감한다. 당신은 제시 리버모어보다 시장을 보는 눈이 뛰어난가? 아니라면, 조심 또 조심해야 한다. 그리고 경각심을 일깨우는 데 책만큼 유효한 수단은 없다.

결국은 우리가 살아온 이야기들

재테크, 투자서라고 하면 아직 흰 눈으로 보는 독자가 있다. 특히나 시소설 문학이라든지 철학, 사회학을 주로 읽는 독자가 그렇다. 그런데 나는 읽으면 읽을수록 재테크, 투자서는 결국 역사책이라는 사실을 깨달았다. 많은 투자 전문가들이 과거를 얘기하고 과거에 기반해서 현재 상황이 이렇고, 앞으로 어떻게 전개될 것인지를 다룬다. 그 과정에서 우리는 멀리는 튤립 버블에서부터 2차 세계대전을 야기한 세계 대공황과 닷컴버블, 우리에겐 아이엠에프로 익숙한 아시아 금융위기 등등을 만난다. 이런 이야기를 접하면 인간 탐욕의 무한함과 시장의 불완전성은 상수이고, 그 과정에서 돈을 버는 사람도 있고 잃는 사람도 있다는 지극히 당연한 사실을 깨닫는다.

아니, 갑자기 경제사로 화제를 급하게 돌리지 말고 당신은 투자로 얼마나 벌었느냐고 물으신다면, 벌기도 했고 잃기도 했지만 누적으로 보자면 정기예금에 넣어 둔 것보다는 아주 조금, 정말 조금 더 벌었다. 들인 시간에 비해서 상당히 아까운 액수이나, 그 동안 글로벌 자본주의 동향과 국내 산업계가 돌아가는 상황을 공부했다는 사실에 만족하기로 했다.

마지막으로 한마디 더 하자면, 인터넷에서 국내주식을 하는 사람들 사이에서 자조적으로 농담을 주고받는 게시글을 본 적이 있다. 돈을 벌기 위해 가장 중요한 게 뭐냐고 묻는 질문에, 부동산 하는 사람은 부동산, 코인 하는 사람은 코인, 미국 주식하는 사람은 미국 주식이라고 답한다. 그렇다면 국내 주식 하는 사람에게 물었을 때는 어떤 답이 돌아왔을까? 국내 주식이 아니라 '건강'이라고 답했단다.

사실 틀린 말은 아니다. 우리에게 '이스털린의 역설'로 유명한 경제학자 리처드 이스털린이 쓴 《지적 행복론》에 따르면, 돈이 많다고 삶이 행복해지진 않는단다. 부자들이 가난한 사람들이 현재에 만족하도록 가스라이팅하는 세계관 아니냐고 비판할 수도 있지만, 저 책에서 다양한 사례를 검토하고 내린 결론이다. 미국을 비롯해 고도성장한 중국은 GDP가 상승함에 따라 사회의 행복감이 커지기는커녕 줄어들었다고. 이스털린 교수가 분석하기로 이유는 크게 두 가지다. 부의 준거점이 내가 아니라 다른 사람이라서다. 내가 많이 벌어도, 다른 사람이 더 많이 버는 게 보이면 행복하지 않다. 그리고 또 하나, 가지면 가질수록 더 많이 갖고 싶은 게 부다. 반면, 건강은 그렇지 않다. 건강할수록 행복해진다. 몸 건강도 중요하지만, 정신 건강도 필요하다. 독서는 마음의 양식입니다. 여러분, 책 읽고 행복해지십시오!

우리는 이 큰 우주의 한낱 티끌
[자연과학]

솔직히 말하자면, 자연과학 책에 대해 쓰기란 싫고 어렵다. 고등학교 때 수학과 물리가 어려워서 문과생이 되기로 결심했고, 대학에서는 인문학을 전공하며 과학과 멀어져서다. 문과생조차 대입 수학능력시험에 물리, 생물, 화학, 자연과학이 필수였던 시절이라 적당한 수준으로 과학을 공부하긴 했으나 그것은 20년 전 일로 잊은 지 오래다. 수능을 다시 치는 악몽을 꿀 때, 나를 가로막는 단골 과목이 수학 아니면 물리다. 당연히 꿈에서 알 수 없는 기호와 수식에 좌절하며 문제를 풀지 못한 채 땀에 젖어 일어나기 일쑤다. 자주는 아니고, 1년에 한두 번은 여전히 군대 다시 가는 꿈, 수능 다시 치는 꿈을 꾼다.

　학교를 졸업하고는 진짜 진짜 수학이나 과학 공부는 안 해도 될 줄 알았다. 아니더라. 저자 인터뷰 업무를 진행했던 채널예스 시절에도 간간이 과학책을 읽어야 할 때가 있었는데, 도서팀으로 이동한 뒤 자연과학 분야를 맡았다. 자연과학 분야 페이지를 운영하고, 편집회의에서 내가 담당한 책의 뛰어남을 입증하기 위해서는 과학책을 읽을 수밖에 없었다.

아름다운 과학책

"그렇게 다시 만난 과학책은, 아름다웠다."

무엇보다 좋았던 점은, 과학책에는 싸움이 없었다. 진영 논리, 서로를 향한 혐오가 물리적인 세계에는 없었다. 오로지 진리를 향한 과학자의 열정, 사랑만으로 충만했다. 물론 현실 세계에서 과학자들도 똥을 눌 테고, 과학계는 이권 다툼으로 혼탁하겠지. 이론으로 싸우기도 할 테고. 《과학자의 흑역사》라는 책 제목이 시사하는 바, 과학이라는 이름으로 삽질도 이뤄질 테고 말이다.

　최근에 널리 읽힌 책인 《물고기는 존재하지 않는다》를 아름다운 과학책으로 꼽는 사람이 많다. 나도 주변 동료인 김유리 소설 담당 PD가 아름다운 책으로 추천해서 읽었더랬다. 저자인 룰루 밀러는 과학 전문 기자. 아버지가 과학자였다. 어린 시절 이런 저런 일을 겪으며, 삶의 방향을 잡지 못할 때 데이비드 스타 조던이라는 어류 분류학자를 만난다. 그리고 그 사람 인생에 호기심이 생겼고, 어떤 사람인지 추적한다. 그렇다. 기본적으로 《물고기는 존재하지 않는다》는 데이비트 스타 조던 평전이다. 그는 자연을 향한 왕성한 호기심을 타고났고, 신이 설계한 자연 질서에 위아래가 있으며 그 질서를 파악하는 게 인간의 사명이자 신을 사랑하는 방법이라고 가르친 아가시로부터 배운다. 이후 다윈을 접하고, 물고기 분류에 몰두한다. 경쟁자가 없다 할 정도로 어류 분류학에서 압도적인 성취를 쌓아가자 스탠퍼드 대학 설립자인 릴런드 스탠퍼드와 제인 스탠퍼드 부부로부터 좋은 제안을 받는다. 1891년 초대 학장으로 취임한다. 겨우 마흔 살에.

이후 스탠퍼드에서 그의 영향력은 막강했다. 여러 차례 위기가 있었으나 극복한다. 지진으로 자신이 모은 표본이 망가져도, 자식이 죽어도 조던은 전진했다. 제인 스탠퍼드가 조던을 학교에서 내쫓으려 한 적이 있는데, 먼저 독살해버린다. 당시에는 자연사로 판정났지만. 그리고 노년에 그는 우생학 지지자로 변해서, 강제 불임의 필요성을 열심히 설파하고 다녔다.

이렇게 써놓고 보면 조던의 삶에 드라마틱한 장면이 몇 있긴 한데 (특히 독살 사건) 썩 재밌지는 않다. 여기서 룰루 밀러의 스토리텔링 능력이 돋보인다. 조던의 삶과 자신의 삶을 병렬적으로 서술하면서, 과학의 사명과 한계, 삶의 의미를 유려하게 풀어냈다. 덕분에, 한때 잘 나갔던 미국의 한 어류학자에 관한 전기가 매혹적인 논픽션으로 태어날 수 있었다. 거기에 더해 감각적인 표지, 내지에 실린 일러스트도 책의 완성도를 높인다. 다 읽고 보니, 이 책에 관해 가장 어울리는 추천사는 아래가 아닐까 싶다. "나는 이 책의 주소지에서, 역사와 생물학과 경이와 실패와 인간의 순전한 고집스러움이 만나는 교차로에서 살고 싶다. 이토록 호화롭고, 놀랍고, 어두운 환희."(카먼 마리아 마차도, 셜리 잭슨상 수상자이자 《그녀의 몸과 타인들의 파티》 저자)

이 책을 읽으며 떠오른 다른 책이 교양인 '문제적 인간' 시리즈 중 한 권인 《기타 잇키》였다. 젊은 시절 아나키스트였던 혁명가가 노년에 우익 파시즘의 이론적 기반이 되는 아이러니. 이에 비해 조던은 어느 정도 예견된 삶을 산 것일지도 모른다. 허버트 스펜서의 사회진화론과 다위니즘을 제대로 분리할 수 있었던 사람은 그 시절에나, 지금에도 많지 않고 사회진화론의 귀결은 제국주의와 우생학이었으니까. 조던의 삶이 그렇게까지 특별하게 느껴지진 않는다. 오히려 문과 쪽에서 극에서 극으로 가는 사례가 더 많다.

물론, 《기타 잇키》 평전이 《물고기는 존재하지 않는다》보다는 좀 덜 재밌다. 그리고 두 책의 가장 결정적인 차이는, 룰루 밀러의 글쓰기 방식이지 않을까 싶다. 대개 평전이 객관성을 유지하려고 하는 데 비해, 룰루 밀러는 적극적으로 개입한다. 자신의 성 정체성을 밝히며, 정상과 비정상을 나누며 우열을 구분하려는 조던에 반대한다. 인간이라는 종의 스펙트럼은 엄청나게 넓고, 그 스펙트럼을 제단하지 말라! 특히 12장 '민들레'에서 외치는 저자의 외침이 강력하고 인상적이었는데, 그와 관련해 인상적인 책은 《유전자 로또》다. 우생학 때문에 유전자 자체를 거론하지 못하게 하는 분위기가 있는데, 유전자 불평등 역시 엄연한 사실이라고. 유전자에 관한 생물학적 논의를 아예 못하게 하는 건 현명하지 않다고.

여하튼, 역시 가장 재밌는 소재는 한 인간의 삶이다. 아, 참고로 스탠퍼드에 이제 조던홀은 없어졌다고 한다. 대한민국에도 파다 보면 이런 사람을 발견할 수 있지 않을까. 대학마다 누군가의 이름을 딴 건물 있기 마련인데, 그 사람의 명암을 추적하면 한국판 물고기가 나올 수도 있을 듯하다.

광활한 밤하늘 아래서 읽는 과학

나이가 들어 더는 좋아하는 일과 잘하는 일 사이에서 뭘 골라야 하는지에 관한 고민은 안 하는데, 이유는 간단하다. 세월이 쌓이다 보면, 좋아하는 일과 잘하는 일의 경계가 모호해져서다. 시간을 오래 쓴 일일수록 능숙해진다. 오랫동안 하기 위한 원동력은 관심과 흥미와 재미고. 그러니까 좋아해서 오래 하게 되고 잘하게 되는 게 인생사다. 그래서 넌 뭘 잘하냐고 묻는다면, 쑥스럽다.

어쨌거나 어렸을 땐 좋아하는 일과 잘하는 일 사이에 간극이 있었다. 취미와 특기가 달랐다. 앞서 쓴 과학이 싫었다는 내용과 배치되지만, 사실 어릴 때 받은 지능 검사에서는 내가 이과형 인간이라고 나왔다. 수학과 물리에 적합하다고 했지만, 많은 학생이 그렇듯 공부할수록 수학과 물리는 골치 아픈 과목으로 느껴졌다. 그래서 고등학교 때 자연계 대신 인문계를 택하며 과학과는 점점 멀어졌다.

가끔 과학을 공부했으면 어땠을까 생각하는 순간에 놓일 때가 있다. 유독 산의 품에 안겨 대자연의 경이로움을 느낄 때가 그렇다. 설악산과 지리산은 왜 다를까, 두 지형의 형성 과정이 궁금해진다. 더 황홀한 순간은 밤에 찾아 온다. 대한민국 국립공원 중에 합법적으로 밤하늘을 볼 수 있는 곳은 많지 않다. 원칙적으로 국립공원에서 야간 산행은 금하기 때문이다. 물론, 아주 이른 아침에 잠시 밤하늘을 잠시 볼 수 있긴 한데 대피소를 운영하는 국립공원에서는 산에서 광활한 우주를 관람할 수 있다. 지리산, 설악산, 소백산, 덕유산이 그곳이다.

지리산 세석대피소에서 묶었던 하루다. 서쪽 하늘로 넘어가는 해넘이도 장관이었고, 밤하늘에 쏟아질 듯 많은 별도 인상적이었다. 우주에는 대체 얼마나 많은 별이 있는 걸까. 반면 저 별은 나의 별, 저 별은 너의 별 하며 오글거리는 대화를 주고받을 옆사람은 왜 없는 걸까. 이따위의 생각을 하다 《우리 몸을 만드는 원자의 역사》라는 책을 읽었다. 우주는 수많은 별과 별과 별 사이를 채우는 공간으로 채워져 있다. 한편, 인간 몸도 엄청나게 많은 원자로 이루어져 있다. 인간을 이루는 원소의 수는 몇 개일까? 놀라지 마시라. 그 숫자는 지구의 모든 사막에 있는 모래알보다 10억 배는 많다고 한다. 이 많은 원소가 인간을 이루기도 하고, 태양과 같은 거대한 천체를 만들기도 한다.

'우리 모두는 우주의 먼지'라는 표현처럼, 어쩌면 인간을 이해하는 것과 과학을 이해하는 것은 별개의 차원이 아닐지도 모르겠다. 그래서 에드워드 윌슨은 《통섭》을 썼고, 멀리 고전사상으로 가면 인도에서는 '범아일여'라는 세계관을 제시하기도 했다. 너와 나, 그리고 우주가 하나라는 깨달음은 차별과 혐오가 만연한 현대 사회에 되새겨 봐야 할 사유가 아닐까. 그런 생각이 들게 하는 게 바로 과학책의 묘미가 아닐까.

요즘은 비전공자도 이해하기 쉽게 나온 과학책이 정말 많다. 유튜브 등에서 활동하는 과학 크리에이터가 쓴 책도 과학 베스트셀러 목록에서 자주 보인다. 《과학을 보다》, 《나의 두 번째 교과서 x 궤도의 다시 만난 과학》, 《과학으로 생각하기》 등등이 그런 책이다. 개인적으로는, 과학자에 관한 이야기가 흥미로운데, 물질을 구성하는 최소한의 단위를 찾아가는 여정을 다룬 《신의 입자》나 제임스 클라크 맥스웰을 소개하는 《신사와 그의 악마》, 노벨 물리학 수상자의 삶과 사유를 다룬 《물리학자는 두뇌를 믿지 않는다》도 한 번 펼치면 빠져드는 저작들이다. 이들 책에서는 과학이라는 학문만 아니라 올바름을 추구하는 삶의 태도를 배울 수 있다.

아름다운 자연

봄이 되면 인스타그램 페이스북 피드는 꽃으로 뒤덮인다. 꽃을 좋아하면 나이 든 증거라는데 동의하지 못하겠다. 나이 상관없이 삭막한 겨울을 보내고 핀 꽃에 눈길 안 줄 사람이 어디 있는가. 흐드러지게 피는 꽃에 관심이 없다면, 한 번쯤 의심해봐야 할 수도 있다. 현재 나의 마음 상태를. 불안이나 우울감이 심한 건 아닌가 하고. 병원까지 갈 필요 없이 간단하게 나의 마음 상태를 진단할 수 있는 책이 시중에 많으니 참고하면 좋겠다.

자연과학 분야의 책을 검토하다 흥미로운 점을 발견해 알린다. 동물과 식물에 관한 책이 서로 다른 분야로 나뉜다는 사실이다. 요즘 출간 경향을 보면 동물에 관한 책은 인문 혹은 사회정치로 분류되는데, 식물 책은 자연과학으로 간다. 아무래도 동물권에 관한 관심이 높아지다 보니, 동물을 외부 세계가 아니라 인간과 동등한 주체로 봐야 하는 인식의 전환을 반영하는 흐름이겠다. 피터 싱어가 쓴 스테디셀러 《동물 해방》, 신간 《동물은 어떻게 슬퍼하는가》는 인문 분야 책이다. 반면 《식물분류학자 허태임의 나의 초록목록》,《미움받는 식물들》 등은 자연과학 매대에 진열되어 있다.

그런데 최근 출간 동향을 보면 식물을 향한 이러한 고정관념에 금을 가는 책이 속속 등장한다. 《식물을 위한 변론》은 식물의 이러한 이미지에 반기를 든다. 이 책을 쓴 맷 칸데이아스는 식물이 아름답고 평화를 지향한다는 건 인간의 편견일 뿐이라고 말한다. 식물도 동물처럼 생존하기 위해 온갖 방법을 동원한다. 세라티올라 에리코이데스처럼 화학 물질을 분비해 토양을 오염시켜 경쟁자를 죽이고, 오프리스 스페쿨룸처럼 암벌의 모습을 한 꽃으로 벌을 꼬드긴다. 파리지옥처럼 곤충을 잡아먹는 육식식물도 있다. 광합성을 하지 않고 숙주로부터 양분을 빨아먹는 기생식물도 많다. 경이로운 식물의 성생활, 이동성, 공격성을 증명하는 다채로운 예가 이 책의 주된 내용이다.

식물의 공격적인 생존 본능에 초점을 맞춘 만큼 표지도 색다르다. 대개 식물 책은 외관이 아름다운데, 이 책의 표지는 다소 기괴하다. 시체꽃이라고도 불리는 라플레시아의 섬뜩한 모습을 전면에 내세웠다. 라플레시아는 단일 꽃으로는 세계에서 가장 큰데, 지름은 1m가 넘고 무게가 10kg을 초과한다. '시체꽃'이라는 별명에서 보듯 이 꽃은 인간의 윤리적 기준으로 봤을 때 아름답지 못하다. 썩어 가는 살 냄새를 풍기는 건 논외로 하더라도, 스스로의 힘이 아니라 다른 생명체를 갉아먹으며 살아가는 기생식물이기 때문이다.

그런데 저자는 기생식물을 이해하면 사랑하지 않을 수 없다고 말한다. 생태계 전체로 보면 기생은 생물 다양성을 지켜준다. 기생식물이 숙주로 삼는 식물이 대개 번식력이 강하다. 이들을 그대로 놔두면 생태계 다양성이 깨지면서 무너진다. 기생식물이 숙주의 번식력을 어느 정도 억제함으로써 생태계 균형을 유지하는 역할을 수행하는 셈이다.

오히려 문제는 식물의 기생이 아니라, 인간의 공격성이라고 저자는 지적한다. 데본기 이후로 수억년 동안 생존을 이어온 식물에 닥친 대멸종의 위기가 문명 때문이다. 그렇다면 이제 우리가 인식을 바꿔야 하지 않을까? 동물뿐 아니라 식물도 인류 공동체로 포함하는 건 어떨까. 앞으로 인문, 사회 분야에서도 식물 책을 만날 수 있기를 바란다.

돈 버는 데 필요한 지식이기도 하고

지금까지는 순수하게 아름다운 이야기를 했고, 다음으로 과학 책을 읽어야 할 당위는 현실적인 이유다. 2년 정도 유튜브 지식채널 '지식오예스' 진행자로 활동했다. 인문, 과학, 경제 분야를 넘나들며 여러 저자와 만났다. 그중 반도체 전문가 인터뷰 때였다. 그는 한국 경제는 수출 주도이고, 그 주도를 하는 건 반도체. 그러므로 한국장에 투자한다면 돈을 가장 많이 버는 반도체를 투자하는 게 맞다는 투자 아이디어로 대한민국에 여러 위대한 반도체 회사가 있다고 알려 주었다. 책으로는 한국의 강한 반도체 회사로 10가지를 꼽았고, 부록에 그 이유에 관해 상세하게 실었다. 10개 중 대부분이 엄청난 성장세를 기록했다. 반도체 산업에 무지하거나 그다지 관심이 없는 사람에게는 불확실한 내일이었으나, 이쪽 업계를 지속적으로 관찰해 온 사람에게는 정해진 미래였던 셈이다.

투자와 과학은 이렇게 이어진다. 과학자의 아이디어는 공학자가 실현하고, 공학자의 결과물이 상업화되면 시장이 생기고 산업으로 발전한다. 6번째 대멸종을 앞둔 지구지만, 많은 과학자의 주장대로 이미 인류는 기후 위기를 해소할 기술을 갖췄다고 한다. 압축적으로 말해서, 화석 연료를 안 쓰고 재생에너지로 전기를 생산하면 된다. 쓰레기 재활용을 높여서 순환경제로 가면 된다. 핵심은 과학이다.

풍력, 수소, 태양광, 폐기물, 우주산업 등 미래 산업을 이해하기 위해서는 과학 공부가 필수다. 문해력, 리터러시는 과학 리터러시도 더 중요해지는데 이유는 이쪽 업계도 앞서서 말했듯 사기가 횡행하기 때문이다. 대표적으로 니콜라 수소 트럭이 그러하다. 앞으로 어떤 기술이 인류에 필요하고 산업으로 성장할 수 있을지 알기 위해 우리는 지속적으로 과학책을 읽어야 한다.

사랑을 책으로 배울 수 있다는 착각
[관계와 가족]

종교 사상에 관심이 많아 대학 때 기독교, 이슬람, 불교, 힌두교, 유교, 도교 등등 세계종교를 공부했다. 10대 후반에서부터 20대 초중반까지 깊이 빠진 사유는 불교 쪽이었고, 상대적으로 흥미가 떨어진 게 유교였다. 유교는 시시했다. 군자는 군자답게 신하는 신하답게, 부모는 부모답게 자식은 자식답게라니. 인의 실천은 가까운 데에서부터 멀리 뻗어 나가야 하니, 가족을 잘 돌보자. 가화만사성. 이런 가르침이 너무 빤했다. 게다가 한창 탈가부장제, 탈자본주의, 탈구조주의 등등 '탈'이라면 사족을 못 쓰던 사조가 꽤나 인기를 끌던 시절이라 가족을 중시하는 가르침이라면, 이런 반동 보수 같으니라고 하고 눈길도 안 주던 시절이 있었다. 뜬금 없이 고백하자면, 20대까지 나는 분명 비혼주의자였다. 20년 전에는 비혼이 대세가 될 줄 몰랐는데, 요즘은 기혼과 육아가 마이너가 된 세상이 되었다.

그로부터 세월이 흘러 옆사람을 만나 결혼하고, 아이를 낳고, 가정을 꾸렸다. 내가 결혼하겠다고 했을 때 어머니는 대학생 시절 내뱉고 다닌 말을 하나씩 상기시키셨다. 인간이 말을 할 수 있다고 아무 말이나 하는 게 아니라며, 자고로 어른은 입이 무거워야 한다고 하셨다.

뭐, 어쨌거나. 그로부터 세월이 한참 지나 세계적 석학 니컬러스 A. 크리스타키스가 쓴 《블루 프린트》를 읽었다. 인간에 관한 책으로는 유발 하라리가 쓴 《사피엔스》도 괜찮은 책이긴 한데, 개인적으로는 《블루 프린트》를 더 인상 깊게 읽었다. 인간이란 어떤 존재인가, 하는 질문에 관해 정답에 가장 가까이 다가간 책이라고 생각한다. '블루프린트'라는 의미는 '청사진'이다. 제목처럼 인류에 각인된 청사진에 관해 밝히는 책이다. 우리는 저마다 다른 존재로 태어나서 성장하고 죽지만, 인간은 타고나면서부터 부여 받은 고유의 성질이 있다. 그 고유의 성질 중 몇 가지를 꼽자면, '한 배우자를 향한 헌신 (비록 일평생은 아니지만)', '가족을 향한 사랑', '교육' 등등이다. 이 고유의 성질을 부정하고자 했던 신종교 운동이라든지, 공동체 운동은 실패했다. 그러니까 모든 사람이 평등하다고 주장한다거나, 가정으로부터 벗어나라고 말하는 운동 말이다.

나는 이 책을 읽으며 기시감을 느꼈다. 《블루 프린트》는 뇌과학, 인류학 등등 여러 학문을 오가며 논지를 전개시키지만, 딱 바로 공자와 맹자 사상인 거다! 우리는 이타적인 존재이다, 그 이타성은 가까운 관계에서부터 시작한다고 말한 유교 말이다. 물론 실제 역사에서 발현된 유교의 마초성이라든지, 계급적 차별은 비판받아야 하겠지만 말이다. 어쨌든 지금 대한민국 사회가 최저 출산율 1위를 달리는 건, 각인된 청사진을 무시할 만큼 사회구조적으로 실패하고 있다는 의미다. 사회구조적인 재생산 실패의 일부 원인은 무지일 수도 있겠다는 생각이 든다. 모르면 두렵고, 때로는 혐오하게 된다. 책으로 결혼, 가정생활, 육아를 배울 수 있다는 주장을 하려고 여기까지 왔다.

가정에는 책이 필요하다

모든 걸 책으로 배울 수 있다는 명제가 참이라고 생각진 않지만, 웬만한 사안에 관해서 책에는 길이 있다. 국영수가 중요한 우리 사회 교육 분위기에서 정작 중요한 '가정' 영역은 책으로나마 배울 수밖에 없다. 가정은 중요하다. 서점 카테고리 중에서도 중요한 분야가 '가정과 생활'이다. 결혼과 출산, 양육과 교육에 관한 책이 주를 이루는데 대한민국이 초고령화사회로 가고 노인 봉양의 의무가 여전히 상당 부분 가정에서 담당해야 하는 바, 노령인 부모를 돌보는 일에 관한 책도 예전보다 많이 출간되는 실정이다.

> "책이 본격적으로 필요한 때는 연애나 결혼 초가 아니라
>   아이가 생긴 뒤부터다."

　톨스토이 소설 《안나 까레리나》의 첫 문장은 이렇게 시작한다. 너무나도 유명한 구절이라 여러 번 보셨을 테다. "행복한 가정은 비슷하고, 불행한 가정은 저마다 다른 모습으로 불행하다." 아니, 틀렸다. 톨스토이 자신이 그다지 행복한 가정을 꾸리지 못해서인지 몰라도 그 반대가 옳다. 행복한 가정은 저마다 다른 모습으로 행복하고, 불행한 가정의 모습이 대개 비슷하다. 불행한 가정은 어떤 가정일까? 바로 아이가 생긴 가정이다. 오해하지 말길. 이건 필자의 주장이 아니라, 통계가 알려주는 사실이다.

　지금은 절판돼서 구하기 어려운 책, 제니퍼 시니어가 쓴 《부모로 산다는 것》에서는 흥미로운 통계를 제시한다. 아이가 있는 부부가 아이가 없는 부부보다 더 행복하지 않다는 사실. 또 한 번 오해하지 말길. 이 책은 아이 생기면 불행하니까, 아이를 낳지 말자는 게 아니다. 부모 되기가 현대사회에서 왜 이렇게 힘든가를 조목조목 밝히고, 우리 사회가 아이와 함께 행복해지길 염원하는 책이다. 아이가 주는 경이로움은 그 어떤 경험보다도 멋지지만, 육아에는 많은 시간과 에너지가 든다.

"수면 부족, 좁아지는 인간 관계, 원천봉쇄된 여가 활동, 집안일 배분을 둘러싼 갈등 등 아이 태어나면 전혀 새로운 세계가 펼쳐진다. 이럴 때, 책은 상당히 위로가 된다."

앞서 언급한 《부모로 산다는 것》만 아니라, 전문가가 쓴 양육 지침서, 개인의 체험이 주를 이루는 육아 에세이는 고된 육아를 헤쳐 나갈 수 있는 갑옷이다. 가장 인상 깊게 읽은 육아 책을 꼽으라면, 주디스 리치 해리스가 쓴 《양육가설》이다. 개인적으로는 엄마의 양육 방식이 자식의 미래를 결정한다는 관점에 반대하는데, 이 책을 읽음으로써 확신했다. 아이는 강한 존재이고, 엄마나 아빠가 아이의 운명에 관여할 수 있는 여지가 그리 많지 않다는 사실. 단순히 생각해서, 생각보다 아이가 부모와 지내는 시간이 그리 길지 않다. 특히나 어릴 때부터 어린이집에 들어가게 되면서 그 시간은 더욱 짧아졌다. 여하튼 나는 이 책을 읽으면서 부모됨의 무게를 조금은 내려놨다. 지인이 임신했다는 반가운 소식을 들으면 이 책을 선물해 주곤 했다.

그럼에도 불구하고 신생아 시기에는 아이와 대면하는 게 너무 막막했기에 제목이나 부제에 '예민'이라는 단어가 들어간 책을 꽤 사봤다. 아이는 툭하면 울고 짜증을 냈다. 우리 아이도 설마 예민한 아이일까? 대체로 이런 생각하다가 부부 싸움이 펼쳐진다. 너 닮아서 예민한 거 아니냐고. 좋은 건 날 닮고, 아닌 건 널 닮는, 그러니까 긍정적인 건 내적 귀인, 부정적인 건 외적 귀인하려는 경향은 사랑하는 부부 사이에도 예외 없다. 그러나 안심하길. 아이의 예민함은 부모의 기질과 무관하며, 랜덤 뽑기란다. 그 비율이 1/4 정도라는데, 육아에 익숙하지 않은 부모들에게는 모든 아이가 예민하게 느껴질 수 있다. 안 그렇겠는가. 말 못하는 아이가 표현할 수 있는 유일한 소통 방식은 울음이다. 울다 보면, 엄마 아빠는 지레 겁먹는다. 우리 아이 예민한가?

지금 생각해 보면 우리 아이들이 특출나게 예민했던 것 같지는 않지만, 그래도 그 시절 읽은 예민함에 관련한 책에서 아이와 소통하는 방식을 좀 더 잘 배운 느낌이 든다. 그외에도 정아은 소설가가 쓴《엄마의 독서》,《나는 다정한 관찰자가 되기로 했다》와 같은 육아 에세이에서 위안을 얻었더랬다.

'키친드렁커(Kitchen Drunker)'라는 단어를 들어 본 적이 있나? 육아의 고단함을 술로 때우다, 알콜 의존이 되는 걸 일컫는 단어다. 술 마시러 갈 여유나 시간이 없어 주방에서 홀짝이다 보니 어느새 술 없이는 버티지 못하는 삶인데, 술은 백해무익이다. 특히 주기적인 음주는 뇌 기능 약화로 이어진다. 음주는 알츠하이머로 가는 지름길이라고도 하니, 아무리 육아가 힘들더라도 술로부터 멀어지는 게 좋겠다. 육아가 힘든가. 배우자가 속을 썩이는가. 술 말고 책을 들자. 읽자. 이왕이면 함께 읽는 게 좋다. 나만 읽고, 다른 가족 구성원은 읽지 않는다면, 그 효과를 기대할 수는 없지 않겠나.

그래서 필자의 가정은 어떻냐고? 반복한다. 톨스토이는 틀렸다. 행복한 가정은 저마다의 다른 이유로 행복하다. 나름의 고단함이 있더라도 소소한 삶에서 행복을 찾을 수 있는 가정, 우리 가족도 그렇게 되려고 노력한다. 지금도 좋지만, 차차 나아지리라 믿는다. 우리 집 거실 한켠에는 양서로 가득한 책장이 있기도 하고.

세상만사 행복하지 않고, 아이가 주는 기쁨은 그 어떤 경험보다 황홀하고 성스럽지만 쉽지만은 않다. 아이가 짓는 귀여운 웃음, 발달 단계를 하나씩 밟아 올라갈 때의 성취감 등 육아에서 찾을 수 있는 기쁨은 크다. 아이가 내 인생에 돛이고 닻이 되어주는 순간이다. 문제는 덫이 되는 순간이다. 앞서 소개한 《부모로 산다는 것》에서 한 차례 소개했지만 영유아기 때 부모는 수면 부족, 대소변 치우기와 아이 식사 챙기기 등의 지난한 과업, 좁아지는 인간 관계 등등으로 몸과 정신이 피폐해지기 마련이다. 영유아기 때는 주로 몸이 힘들다면, 아이가 말을 하기 시작하고 엄마와 아빠를 놀이 대상으로 바라보기 시작하면 몸도 몸이지만 정신에 부하가 걸린다. 《양육가설》에서 지적하는 대로, 원래 인간이라는 종의 어린 개체는 놀이 대상을 또래로 삼지만 어디 그게 현대사회에서 되는가? 인류학적 민족지에서 증언하는, 공동체가 사라지고 파편화된 개인으로 이루어진 현대사회에서 아이의 놀이 대상은 일정 기간은 엄마나 아빠가 될 수밖에 없다.

여기서 '책'은 강력한 무기가 된다. 물론 몸으로 놀아주는 게 가장 좋다. 하지만 엄마 아빠 되는 시기가 점점 느려지고, 머리에 흰서리가 쌓여 있는 엄마 아빠를 점점 놀이터에서 많이 보게 되는 요즘, 아이들의 무한 체력을 감당할 엄마 아빠가 몇이나 될까? 최근에 읽은 《사랑한다면 스위스처럼》를 읽어 보니 나이 외에도 한국사회의 교육 과정에도 문제가 있다는 사실을 깨달았다. 생활 체육이 활성화된 스위스에서는 어릴 때부터 수영, 등산이 기본이고 거의 모든 사람이 자신의 몸을 단련하고 유지하는 방법을 어릴 때부터 안단다. 반면 대한민국 사회는 어떤가. 그냥 학원행이다. 국영수 위주이고, 생활 체육이 예전보다 활성화되었다곤 해도 여전히 일부 사람에만 해당한다. 이렇게 전 국민이 체력적으로 허약하다 보니, 육아가 힘에 부치는 이유도 있다고 생각한다.

실제로 그러한지 아닌지는 연구자 분들께서 분석해 주시면 좋겠고, 이 책에서 대한민국 교육 분위기와 고단한 엄마 아빠의 체력 간 상관관계가 주제는 아니니 이 정도에서 넘어가겠다. 다음 장에서는 책이 왜 무기가 될 수 있는지, 책 읽어서 뭐 좋은 게 있는지 이어 가겠다.

연애와 결혼,
책으로 배워도 될까?

개인적인 경험을 바탕으로 말씀드리자면, 단언컨대 연애와 결혼에 관해서는 책에서 딱히 도움을 받을 필요는 없다. 저마다 사랑은 특별하고 결혼으로 이어지는 길은 독특하며 ─ 비록 결혼식은 천편일률적이지만 ─ 아무리 반대하는 결혼이라도 당사자끼리 좋으면 성사되는 게 결혼인지라, 책에서 이렇게 사랑하라 이렇게 결혼하라고 해봤자 당사자는 절대로 듣지 않으리라 장담한다. 좋아하는 사람을 발견하고, 그 사람의 마음에 들기 위해 어떻게 해야 할지 책을 보면 당연히 답이 나오지 않는다. 《화성에서 온 남자, 금성에서 온 여자》부류의 책이 수십 년 전에 인기를 끌긴 했으나, 그것도 주로 결혼 이후 부부 관계를 향한 조언이지 연애나 결혼에 관해 책이 우리에게 전해줄 내용은 그다지 없다. 사랑이란 저마다에게 고유의 경험이다. 남이 보기에는 지극히 상투적인 전개라고 해도, 우리끼리 사랑은 특별하기 마련이다.

　다만, 책 읽는다고 멋진 짝을 만날 확률이 높아지진 않지만, 연애하지 않을 용기와 자유를 얻을 수는 있다. 사람마다 차이는 있겠으나 대개는 10대 후반에서 20대, 그리고 요즘은 30대까지 사랑하고 싶은 욕망이 있다. 그 배우자가 동성이든 이성이든 말이다. 불행히도 나는 10대 후반과 20대 초중반, 홀로였다. 이는 어느 정도는 나의 신념에 따른 결과이기도 했는데, 10대에 읽은 프리드리히 니체와 아르투르 쇼펜하우어는 꽤 심한 여성 혐오자였다. 그들이 쓴 글 곳곳에 여성을 향한 편견과 혐오가 베여 있는데, 남중남고를 나오며 여성을 겪어 보지도 않은 입장에서 자연스레 연애는 하지 않는 게 상책 여성을 멀리하라고 되뇌었다.

이러한 사유는 대학 때 사회학 책을 읽으면서 좀 더 입체적으로 변했다. 엘리자베르 벡-게른스하임과 울리히 벡이 쓴 《사랑은 지독한 혼란》, 앤서니 기든스가 쓴 《현대 사회의 성·사랑·에로티시즘》과 같이 사회학자가 쓴 자유연애에 관한 책을 읽으며 우리 시대의 사랑을 한 발 멀리서 볼 수 있게 되었다. 요약하자면, 우리 인류는 대부분의 세월 동안은 지금처럼 안 살았다. 어쩌면 이성애 중심주의, 가부장제에 기반한 자유연애는 자본의 간교한 농락일 수 있다! 자본의 무한 증식을 위해 재생산 비용을 가정에 외주화하는 전략 말이다. 이런 결론을 내리고는, 서로 손 잡고 걸어가는 커플을 향해 속으로 저주를 퍼부었다.

세월은 변했고 나도 달라졌고 사회도 많이 바뀌었다. 자발적 반연애주의자 비혼주의자였던 나는 현 배우자를

만나 열렬한 사랑에 빠지고 결혼한 뒤 다른 부부처럼 전
우애로 생존에 필요한 각종 고지서를 처리하고 살고 있
다. 연애와 결혼이 당연해 보였던 20년 전과 달리 요즘은
성과 사랑과 결혼이 삼위일체를 이뤘던 신념은 낡은 생
각이 되었다.《주역》계사전의 유명한 한 구절인 '생생지
역(生生之易)'과《성경》〈창세기〉의 '생육하고 번성하라'가
더는 사람을 설득하지 못 하는 시대다. 그래도 또 모르는
일이다. 세계는 정반합으로 움직이니, 가까운 미래 연애
와 결혼이 미덕으로 바뀔지도.

    어쨌든, 인간에게 사랑이란 중요한 감정이고 사랑을
어떻게 재현하는지는 삶에서 주요한 과업인데, 이를 상대
화하여 볼 수 있는 시선 정도는 책 읽으면서 깨달을 수 있
다는 점 정도는 말해 보고 싶었다. 그리하여, 추천하고 싶
은 책은 오후 저자의《가장 공적인 연애사》다. 저자는 고
대 이집트와 그리스에서 중세 유럽 그리고 근현대에 이르
기까지 인류가 펼쳐낸 사랑의 다양한 모습을 오후 저자
특유의 시니컬함으로 풀어낸다.

TIP

빨리 읽어도 좋고
늦게 읽어도 좋다

이 글을 쓰고 있는 지금, 첫째가 〈위키드〉에 빠졌다. 엄마 따라 영화관에 가서 보고 오더니, 그 뒤로도 두 번이나 더 감상했다. 첫째는 영화가 뮤지컬을 기반으로 만들어졌고, 뮤지컬은 소설을 원작으로 했다는 사실을 알고는 책도 읽고 싶다고 말했다. 자식이 책 읽는다는데 싫어할 아빠가 어딨겠나. 책값 비싸다는데, 여전히 대한민국 책값은 저렴하다. 커피값 밥값 다섯 번 정도만 아껴도 《위키드》 세트 책 살 돈 나온다. 이 정도 굶어도 안 죽는다. 아빠로서 참을 수 있지.

총 6권, 정가 113,000원을 한 번에 결제했다. 주문하고 바로 택배로 《위키드》가 도착했고, 아이가 기뻐하며 물었다.

"우와, 다 읽는 데 반년은 걸리겠다. 아빠는 이 정도 분량이면 다 읽는 데 시간이 얼마나 걸려?"

"글쎄. 한 권당 2시간 잡으면 12시간 정도?"

"와, 나보다 훨씬 빠르게 읽네. 그렇게 빨리 읽어도 내용이 기억나?"

"그럴 리가."

"그럼 천천히 읽어야지."

"폴드만이라는 문학 비평가가 이런 말을 했거든. 모든 독서는 오독이라고."

지금 나는 대략 1시간이면 100~150쪽 정도 읽는 편이다. 느린 편은 아니라고 자부하는데, 독서 경력 30년이면 누구나 이 정도 속도로 책 읽을 수는 있다. 그리고 책을 꽤 많이 읽으면, 하늘 아래 새로운 게 없듯, 그 내용이 그 내용인 게 꽤 많다. 독자 여러분도 이 책을 읽으면서 느꼈을 테다. 손민규가 완전히 참신한 이야기를 하는 건 아니구나. 내가 익히 알고 있었던 내용은 건너뛰고, 어차피 정독해서 읽어도 다 기억은 못 하니 편하게 읽으면 속도를 쫙쫙 올릴 수 있다.

이렇게 말했지만, 책을 대충 읽지는 않는다. 반복하는데, 익히 아는 내용을 건너뛰면 읽는 속도는 자연스럽게 빨라진다. 여기에 더해, 책 읽는 속도를 높이기 위한 기반을 갖춰 두면 된다. 바로 어휘력이다.

문해력 전문가 정혜승 교수, 서수현 교수가 쓴 《문해력 특강》에 따르면, 글 한 편을 이해하기 위해서는 그 글에 사용된 어휘의 최소 80퍼센트 이상을 알아야 한다. 이것은 '최소한'의 이해를 위한 어휘 수이고, 해당 글을 '정확히' 이해하기 위해서는 98퍼센트 이상을 사전에 알고 있어야 한다. 즉, 정확하게 글을 읽으려면 모르는 단어가 거의 없어야 한다는 뜻이다. 그러므로 당신의 책 읽는 속도가 좀처럼 오르지 않는다면, 《도둑맞은 집중력》 때문이 아니라 어휘력 부족이 원인일 수도 있다.

나도 어렸을 때로 기억을 거슬러 올라가면, 정말 책 읽는 속도가 붙지 않는 사람이었다. 특히 초등학생에서 중학생으로 올라가면서. 글과 어우러진 그림도 본문에서 사라졌고, 한자어도 급격히 많아지던 시기가 그랬다. 이럴 때는 별다른 왕도가 없다. 중학교 3년 내내 옆에 사전을 펼치고 모르는 단어가 나올 때마다 공책에 따로 써가며 어휘력을 쌓아 나갔다. 고등학생 때도 사전을 옆에 두고 읽긴 했지만, 딱히 펴 볼 일은 없었다. 물론, 시대가 변하면서 자주 쓰는 단어가 바뀌고, 새로 만들어지는 어휘도 있기에 아직도 책 읽으며 모르는 단어나 개념이 나오기에 어휘력 공부는 죽기 전까지 계속 이어질 테다. 신화 속에서 신을 기만했다는 죄로 인해 끊임없이 바위를 굴려 올려야 하는, 시지프가 받은 형벌처럼 말이다.

　어휘력에 문제가 없는데도 책 읽는 속도가 좀처럼 붙지 않는다? 음, 그럴 때는 빨리 읽지 않아도 된다고 마음을 고쳐먹으면 된다. 1시간에 30쪽을 읽든, 200쪽을 읽든 아무리 빠른 속도로 오래도록 읽어도 세상에 나온 책의 극히 일부밖에 읽지 못한다. 책이라는 거대한 세계 앞에서 겸손해지고, 좀 더 나은 사람이 되고자 한다면 그것으로 족하지 않겠는가.

　그리고 아무리 천천히 읽더라도, 300쪽짜리 책 한 권을 읽는 데 10시간 정도가 걸릴 테다. 더 늦게 읽는다고? 좋다, 넉넉하게 20시간으로 잡자. 그런데 저자가 300쪽짜리 책 한 권을 쓰기 위해 걸린 세월은 일평생이다. 저자는 자신이 살아

온 삶 전체를 걸고 책을 쓴다. 그 세월을 불과 20시간만에 끝낼 수 있다니, 이 정도면 꽤 괜찮은 거래 아닐까?

"빨리 읽어도 좋고 늦게 읽어도 좋다. 어차피 저자가 글 쓰는 속도보단 읽는 속도가 빠를 테니까!"

책 읽으면 뭐가 좋아요?

**3
장**

책이 서울대 보내 준 이야기

사교육 없이 서울대 합격, 비결은 독서 습관?

독서의 효용성에 관해 이야기하려면 사교육 받지 않고 서울대 입학한 자전적인 경험부터 공개해야 할 것 같다. 요즘에야 최상위권은 전부 다 의대로 몰린다고 하고, 대학 간판 중요성도 덜해진 시대이긴 하다만, 예나 지금이나 어릴 때부터 책 읽는 습관이 갖춰지면 학업 성적에 유리하다는 점은 변함없다.

먼저 밝혀 두고 싶은 건, 책 많이 읽는다고 무조건 성적 좋아질 리 없다는 당연한 사실이다. 오히려 시험 공부할 시간에 학업과 관계 없는 책을 읽으면 악영향이다. 실제로 고등학교 1학년 첫 야간자율 학습 시간에 문학이나 인문학 책을 읽다가 꾸지람을 들었다. 그 뒤로 나는 학교에서 쉬는 시간 말곤 전혀 책을 읽지 않았는데, 다른 선생님도 딱히 독서를 권장하지 않아서였다. 그럼에도 불구하고 책 읽는 습관이 덕분에 학교 성적은 좋았다.

책을 좋아한 계기는 단순하다. 읽으면 어른들이 칭찬해 줬으니까. 아들러 심리학에서는 당근과 채찍이 인간 성장에 장기적으로 도움이 되지 않는다고 본다. 아들러가 실제로 자신의 아이를 양육했는지는 모르겠지만 아이를 키워보면 안다. 당근과 채찍만큼 가성비 높은 훈육 수단이 없다는 사실을. 내 삶도 그랬다. 어린 시절 훈육의 대부분이 당근과 채찍이었다. 잘하면 상을 받았고, 못하면 맞았다.

못하면 맞았지만 잘하면 칭찬이 돌아왔다. 어머니가 책을 좋아했고, 누나가 있어서 나는 또래보다 2~3년 정도 빠른 수준의 책을 접했다. 어른들은 피구왕 통키나 축구왕 슛돌이를 흉내내는 아이보다 헤르만 헤세의 《수레바퀴 아래서》를 읽는 아이에게 격려와 응원을 보냈다. 때로는 상도 내렸다. 독서 그 자체에 대한 상이라기보다는 글짓기에 대한 상이었다. 많이 읽으면 잘 쓸 수 있다. 독후감 대회에 나가면 상장을 받았고, 독서상품권이라는 금전적 혜택도 누릴 수 있었다. 기분이 째졌다. 라캉의 정신분석 이론에 관해서는 제대로 알지 못하지만, 거칠게나마 정리하자면 인간을 이끄는 힘이 타인의 시선이고 사회 구조이다. 나의 주체적인 의지가 아니란 말이다. 내가 책에 빠진 계기가 딱 그랬다. 책 읽으면 어머니가 좋아하니까,

선생님들이 좋아하니까.

그 시절 읽었던 책은 세계문학이라 불리는 소설이었다. 초등학교 때는 어린이판으로 축약된 책을 주로 읽다 중학교 이후부터는 그림 없이 작은 활자로만 이루어진 책을 읽어 나갔다. 국어 사전을 펴 놓고 모르는 단어가 나올 때마다 노트에 기록했다. 단어를 알아도 이해가 안 가는 문장은 필사하며 여러 번 곱씹었다. 언젠가부터 적어도 하루에 한 시간씩은 책을 읽었고, 그렇게 해서 매년 50~60권을 완독했다. 그렇게 해서 친 수능 성적은, 전 영역 1등급, 인문계 상위 0.4퍼센트(당시 사설 학원에서 배포하는 대학 입학 배치표 참고 추정치)였다. 나는 초중고 통틀어서 피아노 학원 6년, 서예 학원 1년, 초등학교에서 중학교 올라가며 영어 학원 3달을 다녔을 뿐 중학교 때부터는 개인 과외나 학원 등 사교육을 받지 않았다. 독서가 성적과 직접적인 인과 관계는 성립하지 않지만, 연관 관계는 있다는 증거라고 볼 수 있을 것 같다.

"교과서 위주로 공부했고요, 사교육은 받지 않았습니다. 평소에 책을 많이 읽었지요." 예전에는 수능, 그러니까 수학능력시험 전국 수석 인터뷰가 이렇게 9시 뉴스에 나왔다. 그러나 인터뷰를 접한 사람들 중 다수는 믿지 않았다. 필자가 고등학생이던 21세기 초반에도 이미 대한민국의 사교육은 공교육을 압도했고, 대학 입시 준비하는 학생치고 학원 한두 군데 안 다닌 사람을 찾는 건 불가능했으니까. 그런데 나는 그 말을 믿었다. 비록 전국 수석까진 못했지만, 교과서 위주로 공부했고 사교육은 받지 않았으며 평소에 책을 많이 읽은 덕분에 수능 시험은 전 영역 1등급, 종합 상위 0.4퍼센트를 찍었으니까. 맞다, 재수 없겠지만 내 자랑이다. 재수도 안 했다.

책으로 단단해진다

어릴 때부터 책을 많이 읽으면, 적어도 학업 성적은 우수하게 낼 수 있다. 아무리 세상이 변하고, AI가 보통 인간을 압도한다고 해도 인간의 학습 형태는 크게 달라질 게 없다. 텍스트를 읽고 이해하고, 그걸 다시 글이나 말로 출력하는 수행 형태. 이 과정을 잘해내기 위해서 핵심은 독서다. 수천 년 동안 인간은 이렇게 배우고, 배운 능력을 증명하고, 그걸 다시 가르쳐 왔다.

> "아무리 문제 유형이 바뀌고 세상이 원하는 지식이 변하더라도, 독서하는 습관이 잡히면 학업 성적 내기에 유리하다."

학업 성적이 좋았던 배경에는 문제집을 아낌 없이 사 주셨던 부모님과, 열과 성을 다해서 가르쳐 주셨던 부산남고 선생님 지분도 컸지만 무엇보다 독서 습관이 한몫했다. 초등학교에서 중학교에 걸쳐 쌓은 독서 덕분에, 그 당시에는 '자기주도 학습'이라는 개념도 몰랐으나, 무의식중에 나는 자기주도 학습을 하고 있었다.

고등학교 때 나의 루틴은 단순했다. 등교 후 학교 수업 듣기. 하교 후 문제집 미친 듯이 풀기. 학원을 다니지 않은 이유는 단순하다. 스스로 공부할 수 있다면, 사교육 받는 게 훨씬 비효율적인 까닭이다. 개인 교습이든, 소규모 수업이든, 대규모 강의든, 아무리 명강사라고 해도 한 시간에 풀 수 있는 문제는 겨우 5~6문제다. 그런데 혼자 읽고 풀면, 한 시간에 40~50문제는 풀 수 있다. 자기주도 학습이 몸에 익은 사람은 이게 가능하다.

지금은 학종이니, 수시니 대입 전형이 훨씬 복잡하다고 들었고, 학업 성적 외에도 챙겨야 할 게 많다고 한다. 그럼에도 불구하고 주어진 문제를 이해하고, 그 문제에 대한 해답을 도출해내는 과정에 폭넓고 깊은 독서는 득이 됐으면 됐지 절대 해가 되진 않을 터. 여전히 독서는 학업 성적 내는 데 인과 관계는 없을지언정 연관 관계는 성립한다고 믿는다.

그래서 현재는 어떻게 살고 있느냐고 묻는다면, 살짝 민망해지긴 한다. 뭐 그렇게까지 물질적으로나 사회적으로 부유한 상황은 아니기 때문. 다만 세금 꼬박꼬박 내고 성실하게 회사다니면서 가정을 이루고 두 아이의 아버지로 살아가고 있다. 이 정도로 끝내자. 학교 다닐 때 성적 좋다고, 책 많이 읽는다고 부자 되는 거 절대 아닌 거 아니다. 여러 동기부여 강사들이 책 많이 읽으면 돈 버는 법 보인다고 하는데, 아닌 건 아닌 거다. 이 책에서 내가 전하고자 하는 메시지는 이렇다.

"책 읽는다고 돈 나오는 건 아니지만 그럼에도 불구하고 살면서 책은 무기가 될 순간이 많다."

책이 인생을 바꾼다고 믿습니까?

채널예스 인터뷰어로서 물었던 또 하나의 단골 질문은 '인생 책을 꼽아 주시오.'였다. 지금 돌이켜보면, 내가 던졌던 많은 어리석은 질문 중 하나였다. 삶에서 '인생 책들'은 가능할지 언정, '인생 책' 한 권을 꼽을 수는 없기 때문이다. 우리는 수십 년을 살아간다. 학업, 관계, 연애, 결혼, 육아, 노화 등을 거쳐 죽음에 이르기까지 각기 다른 국면에서 모두 통할 법한 치트키, 인생 책 한 권이 존재한다는 건 말이 안 된다. 만약 그런 사람이 있다면, 그 사람의 삶은 상당히 경직됐을 가능성이 크다. 순간순간, 내 삶에 영향을 줄 책들이 다를 테고, 그 계기가 꼭 책일 필요도 없다.

나 역시 그랬다. 질풍노도의 시기 세계문학과 철학, 종교 사상에서 답을 구하려 했고, 결혼하고 아이가 태어나고 나서는 육아 책을 읽었다. 일과 육아로 정신이 흔들릴 땐 심리학 책을 찾았고, 집을 구해야 할 때는 서점의 부동산 분야를 방황했다. 책에서 정답을 찾은 적도 있고, 정답을 암시하는 단서를 발견하기도 했고, 정답처럼 보이는 오답을 택해 수백만 원을 날린 적도 있다. 이 책은 나의 이러한 독서 경력 30년 기록이다. 꽤나 개인적인 기록이라 보편타당 명석판명이라는 면에서 함량 미달일 수도 있으리라 생각한다. 그럼에도 불구하고 수십 년 동안 책을 읽어 왔고, 업으로써 1주일에 수십 권의 책을 검토해온 나의 삶이 어느 정도는 이 책의 객관성과 유효함을 보증해주지 않을까 믿어 본다.

주식하세요?

대학생 때까지만 해도 주로 소설과 인문학, 사회과학 분야를 읽었다. 그러다 회사에 입사했다. 내가 일하는 곳은 예스24, 대한민국 대표 대형 서점이다. 특정 분야만을 큐레이션하는 독립 서점과는 달리 대형 서점에서는 모든 분야의 책을 다 훑을 수 있다.

　내가 담당하는 인문, 사회정치, 자연과학 분야가 아니라도 메인 화면 배치를 위한 편집회의라든지, 매일 확인해야 하는 베스트셀러 목록을 통해 어떤 책이 인기 있는지 대강은 꿰고 있다. 견물생심. 보다 보면, 읽고 싶어진다. 회사에 다니면서 서서히 독서 폭이 넓어졌다. 관심 없던 부동산, 주식, 자기계발 책도 읽고 육아, 자녀교육서, 요리, 취미 책도 훑어 본다. 이렇게 독서 취향이 넓다 보니 가끔은 박쥐 취급받기도 한다.

하루는 불평등 등 사회 모순에 관한 책을 주로 만드는 분과 신간 소개 미팅을 가졌다. 화제가 책에서 주식으로 흘러갔다. 그 분은 주식 얘기를 듣자마자 눈을 동그랗게 뜨시며 주식 하냐고 외쳤다. 어떻게 인문사회 분야 MD로서 기후 위기와 불평등을 초래하는 글로벌 자본주의의 핵심 작동 방식인 금융시장에 적극적으로 개입할 수 있느냐는 물음이었다. 하지만 나는 지구에 발 딛고 살아가는 이상 인문사회 분야 MD라고 해서 인문사회 책에만 주목하고, 경제와 재태크에 대해 일절 신경 쓰지 않고 살아가는 삶은 불가능하다 믿는다.

《침묵》은 엔도 슈사쿠라는 일본 작가가 쓴 장편소설이다. 시대는 일본의 에도 시대 막부. 이 시기 일본에는 가톨릭이 퍼지기 시작하고, 막부는 신도를 탄압한다. 소설에 등장하는 기치지로라는 인물은 자기가 배교한 것으로도 모자라 동료를 밀고한다. 독자 입장에서는 기치지로라는 기회주의자가 악인으로 비춰지지만 소설 속 주인공이자 영웅 캐릭터인 로드리고 신부는 기치지로를 변명한다. 인간은 원래 약하고, 기치지로가 평온한 시대에 태어났다면 평범하게 살아갔으리라고. 로드리고 신부의 말처럼 우리 대부분은 영웅이 아니다. 무 자르듯 선인, 악인으로 구분할 수 없다. 현실은 대단히 복잡하며, 우리는 매 순간 선택에 기로에 선다. 버티기 위해서는 신념보다는 임기응변이 필요하다. 어떤 삶이 맞는지는 아직도 모르겠다. 신념대로 사는 건 가스라이팅당한 삶으로 흐를 수도 있고, 사는 대로 생각하면 정신승리에 불과한 생이 될 수도 있다. 세월이 흐를수록 나는 후자가 되는 듯하다. 하부 토대가 상구 구조를 결정한다고 했던 마르크스의 말대로 흘러가는 거지. 사는 대로 생각하는 삶도 나쁘진 않은 듯하다.

어쩌면 이것이 육각형 인간의 의미일지도 모르겠다. 사회 구조의 모순을 이해하면서도, 자기계발을 해야 한다. 저출산 고령화 시대, 불평등이 갈수록 심해지지만 태어난 이상 어떻게든 살아가야 한다. 신자유주의 비판의 흔한 레토릭인데, 국가는 국민을 포기했고 우리 모두 각자도생의 시대에 살고 있다. 인문학적 소양도 중요하고, 폭력과 번민을 주제로 한 문학 작품을 읽으며 눈물을 흘릴 줄 알아야 하면서도 동시에 인플레이션에 따라갈 수 있는 내 자산 방어법과 조직에서 뒤처지지 않을 처세도 익혀야겠다. 비혼이 대세이지만 결혼을 결심했다면 현명하게 배우자와 살아가는 법과 집안의 평화를 보장할 양육관도 장착해야 한다.

어디 하나 부족한 곳 없이 평균치 이상은 한다는 의미의 요즘 말 '육각형 인간'은 한 사람이 모든 측면에서 대단한 능력치를 가져야 한다는 의미가 아니라, 다양한 분야에 관심을 가지고 세상을 읽으려고 노력해야 한다는 의미다. 당연히, 내가 육각형 인간이라는 뜻도 아니다. 나 역시 이런 저런 소재에 관해 다양하게 책으로 탐색해온 유비로 보아 주셨으면 좋겠다. 삼국지의 유비(劉備) 말고, 유비(類比, 맞대어 비교함)밀이다.

우열을 가릴 수 없는 다양한 읽기 취향

독서에는 여러 방법이 있고 각각의 독서법이 대립하는 경우도 있다. 그러나 딱히 우열은 없다. 다만 내가 생각하는 다양한 독서의 형태는 이렇게 나뉜다.

우선 읽는 책의 양에 따른 차이가 있다. 한때 페이스북에서 1년에 몇 권까지 읽을 수 있느냐로 갑론을박이 벌어진 적이 있다. 1년에 100권 읽기 챌린지도 소셜 미디어에서 흔히 보인다. 그러나 책을 업으로 삼는 사람이 아니라면 굳이 수백 권까지 읽을 필요까진 없다고 생각한다. 개인적으로 가장 좋아하는 시간은, 대자연을 바라보며 멍 때리는 시간이다. 언어도단, 불립문자. 이러한 순간이 훌륭한 책을 읽었을 때 감상보다 더 값진 시간이다. 꼭 삶의 대부분을 책 읽는 시간으로 채우는 게 바람직한지는 모르겠다. 그렇지만 내 월급은 책에서 나오니,

지금보다는 더 많은 사람이 더 자주 다양한 책 읽는 시간을 가졌으면 하는 바람은 있다.

간혹 여러 권을 보는 것보다 한 권을 집중해서 오래 보는 사람도 있긴 하다. 각자 맞는 스타일이 있겠지만, 우리 뇌는 지루한 걸 싫어한다. 반복 학습을 견뎌 내지 못한다. 그래서 대개는 한 권보다는 여러 권을 다양하게 읽는 게 편한 듯하다. 누군가는 여러 번 반복해서 읽는 인생 책이 있다는데, 나에게는 아직 그런 책은 없다.

책 한 권을 처음부터 끝까지 읽은 뒤 다음으로 넘어갈 수 있고, 여러 책을 동시에 읽어 나갈 수 있다. 후자는 병렬 독서라는 형태로 불리기도 한다. 고등학생 때까지는 나는 전자였으나, 어느 순간부터 병렬 독서를 하고 있었다. 이유는 세상에 읽고 싶은 책이 너무 많아서다. 정점은 인생에서 가장 책을 많이 읽었던 대학생 때였다. 소설과 사상, 사회과학책을 번갈아 읽어 나갔다. 딱딱한 사회과학책을 읽다 집중력이 떨어지면 소설책으로 회복한다는 요령도 세웠다. 소설은 재밌으니까.

장르 측면에서도 독서 방식은 나뉜다. 복잡한 현대사회에서 다양한 상황에 대처하려면 후자가 낫겠지만, 생각보다 전자가 많은 것 같다. 소설만 읽는 사람, 자기계발만 읽는 사람, 인문학 사회과학만 읽는 사람 등등. 그런나 한 분야만 고집하다 보면 책태기, 독서 권태기가 오기 쉽다. 이럴 때 다른 분야로도 눈을 돌려 보기를 제안한다.

완독과 발췌독도 독서의 중요한 방식이다. 내 경우, 독자로서 책을 즐길 때는 처음부터 끝까지 다 읽는 완독파였으나, 업무로 하루에도 수십 권 책을 봐야 하는 상황이 되어서는 업무로 읽어야 하는 책은 발췌독을 하기도 한다. 단, 발췌독이 가능하려면 그 책이 다루는 주제에 관해 배경지식이 갖춰져 있어야 한다. 처음 독서에 취미를 붙인 사람이라면 발췌독보다는 정독이 아무래도 낫겠다. 그럼에도 불구하고 발췌독도 좋고, 표지만 훑어보는 '표지 독서'도 독서다. 안 읽는 것보단 낫다.

사서 읽기와 빌려 읽기는 당연히 다를 수밖에 없다. 내 돈 주고 산 책이니 더 각별해진다. 그리고 빌려 읽다 보면 대출 기한에 쫓겨서 좀 더 읽기에 집중하지 못하는 경향도 있겠다.

묵독과 낭독 역시 독서의 또 다른 방식이다. 근대 이후 독서법은 묵독으로 자리 잡았지만, 낭독이 기억력에도 좋고 뇌 활성화에 도움 된다는 얘기가 있다. 고결한 텍스트는 아무래도 낭독이 낫겠다는 생각이다.

속독에는 다소 회의적이다. 한때 속독 학원도 있었는데, 그곳에 다녀 본 사람의 증언에따르면, 속독 기술이라는 게 대단하지 않았다. 시선을 가로로 움직이는 대신 사선으로 움직이며 주요 단어만 스캔하는 방식인데, 이렇게 하면 책의 내용을 아주 흐릿하게나마 파악할 수는 있다. 그러나 그뿐이다. 나머지 내용은 공백으로 남는다. 굳이 텍스트를 빨리 읽으려는 시도는 안 하는 게 좋다.

"책을 많이 읽다 보면 속도는 어차피 저절로 빨라진다."

아직 책 읽는 근육이 안 붙은 사람이라면 천천히 읽기를 추천한다. 나아가 옆에 사전을 두고 읽어나가는 편이 좋겠다. 휴대폰으로도 단어 검색이 가능하지만, 휴대폰을 곁에 두면 딴 짓을 향한 유혹을 이기기 힘들다. 읽는 게 어려운 이유는 어휘력 부족일 수 있다. 근육이 어느 정도 붙기 전까지는 국어사전을 옆에 두고 모르는 단어가 나오면 찾아서 익히자. 마지막으로 '종이책이냐, 전자책이냐'도 있는데 앞서도 썼듯, 나는 압도적으로 종이책 파라고 밝히는 바이다.

나는 이미 살아온 시간, 읽어 온 시간이 꽤 오래된지라 독서 루틴을 따로 만들고 싶다는 생각은 들지 않는다. 굳이 있다면, 여행지에서는 서점에 들러서 그 지역에 관한 책을 사보는 정도가 있겠다.

독서 루틴에 관한 고민보다는 늘어 가는 장서를 감당할 수 없는 제한된 공간이 문제다. 나 말고도 많은 사람의 고민일 것이다. 책 자체는 결단코 비싸지 않지만 책을 보관하는 비용은 세다. 소장욕 강한 사람이라면 독서는 돈 많이 드는 취미일 수 있다. 나 또한 이 문제는 마땅히 해결하지 못하고 있는데, 최대한 빨리 읽고 읽은 책에 관해 기록하고 그 책은 원하는 사람에게 주거나 — 대개는 없다 — 적절한 주인을 찾지 못하면 재활용 하는 날에 이별하고 있다.

독서 후기 남기기

고려대 농구부 박한 전 감독이 작전 타임 때 했던 걸로 알려진 명언이 있다. 보통 작전 타임 때는 말 그대로 작전을 지시한다. 평소 연습했던 패턴을 요구하거나, 수비나 공격 시 선수들의 위치 등을 조정해 준다. 그런데 박한 감독은 선수들을 불러놓고 딱 이렇게 말했다. "너희들이 지금 안 되는 게 딱 두 가지야. 디펜스(수비)와 오펜스(공격). 자자 힘내고!"

여러 커뮤니티 짤로만 전해지는 내용이라, 실제로 박한 감독이 저러한 공격 지시를 했는지는 모르겠으나 어쨌든 굉장한 명언 아닌가! 다른 분야에도 적용해 볼 수 있다. 우리가 왜 부자가 못 되나? 소득과 소비, 두 가지가 안 된다. 더 벌고 덜 쓰면 돼!

학습도 마찬가지다. 학습이라는 단어는 두 가지 한자로 이뤄진다. 첫째, 배울 학(學). 둘째, 익힐 습(習), 바로 배우고 익히다인데 여기서 '익히다'는 복습을 의미한다. 반복해서 익히기. 독서는 대표적인 학습법인 바, 책 읽기에도 마찬가지로 적용된다. 읽을 당시도 물론 중요하지만, 내 것으로 만들기 위해서는 되새기는 작업이 필요하다.

안우경 저자가 쓴 《씽킹 101》에서 '유창성 효과'라는 개념을 접했다. 예를 들어, 영상으로 그다지 어려워 보이지 않는 안무를 여러 번 보여주고, 나와서 똑같이 따라 추면 상을 주겠다고 한다. 저 정도는 출 수 있지, 하며 많은 지원자가 강단으로 나온다. 그런데 결과는 대실패. 이런 일은 축구나 농구같은 구기 종목 스포츠를 볼 때도 목격할 수 있다. 밥 먹고 축구만 했는데, 저렇게 쉬운 볼 처리 하나도 제대로 못하냐고. 실제로 시키면, 그렇게 쉽지 않다는 사실을 알 수 있다. 머리로 그려서는 할 수 있어 보이지만, 실제로 해 보면 어려운 게 바로 유창성 효과다.

독서에도 이러한 유창성 효과가 있다. 어떤 분야 책을 읽든, 두 눈이 활자를 읽어내려갈 때는 다 이해한 느낌이고, 무리 없이 술술 따라가지만 막상 읽고 나서 내용을 요약해 보라고 하면, 그 책 내용이 당신의 삶에 어떤 의미가 있는지를 말해 보라고 하면 바로 대답하기란 쉽지 않다. 그렇기 때문에, 앞서 말한 학습이라는 단어로 돌아가야 한다. 독서가 이뤄지는 순간이 학이라고 한다면, 읽은 내용을 익히는 습이 함께해야

비로소 책을 읽었다 ─ 물론 독서란 본질적으로 오독이라는 프랑스의 비평가 폴 드만에 따르면, 독서라는 행위에서 완성이란 있을 수 없겠지만 ─ 고 할 수 있다. 독서 후기를 짧게라도 기록해야 할 이유가 여기에 있다.

독자의 리뷰를 기다립니다

어릴 때는 노트에 인상적인 구절과, 책에 관한 감상을 썼다. 인터넷 시대가 열리고서는 블로그에 독서 후기를 차곡 차곡 쌓아 나갔다. 요즘은 책 후기를 예전처럼 많이 남기진 못하지만, 그래도 한 해에 읽은 책에 관한 총평 정도는 꼭 남기려 노력하는 편이다. 한창 많이 썼을 때도 읽은 책 모두에 관해 후기를 쓰진 못했다. 앞서도 썼듯, 가장 많이 읽을 때는 한 해 200권이 넘는 수량을 완독했으니까. 거기에 대한 후기를 다 썼다면, 좀 더 멋진 문장력을 갈고 닦을 수 있었겠지? 종합적인 사고력도 더 키웠을 테고. 그럼에도 불구하고 매권에 관한 리뷰를 못 쓴 건, 그 무렵부터 연애를 시작해서다.

　　책 후기 위주의 블로그에 어느 날 댓글이 달렸다. 롤랑 바르트 《현대의 신화》 후기에 관한 글이었다. 그리스로마신화, 북유럽신화를 말할 때의 '신화'가 아니라 롤랑 바르트가 이해하는 신화는, 역사적인 사건을 절대적인 초월로 격상시키는,

마르크스주의식으로 말하자면 이데올로기와 같은 서사구조를 말한다. 이데올로기가 인류 문명의 불변항이었다면, 신화 역시 그러하다. 바르트는 현대에도 횡행하는 신화의 실체를 밝히기 위해 이 책을 썼다.

여하튼 이 책에 관한 기록을 보고 해당 내용을 과제에 활용해도 되냐는 문의였고, 이야기를 이어 가다 보니, 우연히 같은 학교라는 걸 알게 됐고, 연애라는 걸 시작했고…. '습' 이야기하다 웬 갑자기 연애 얘기냐 하신다면, 때때로 인터넷에 올린 책 후기가 사랑으로 이어질 수 있다는 이야기를 하고 싶었달까….

당신이 리뷰를 써야 하는 또 한 가지 이유는 실용적인 목적에서다. 책을 읽은 뒤 감상을 남기면 책값을 아낄 수 있다. 무슨 소리냐고? 예스24에서는 '리뷰/한줄평 리워드'라는 이름으로 책을 사고 1년 안에 리뷰와 한줄평을 쓰면 포인트로 되돌려준다. 일반 회원의 경우 한줄평은 50원 리뷰는 300원을, 매니아 회원에는 한줄평 100원 리뷰 600원을 포인트로 준다. 매니아 회원이 되기 위한 조건이 까다롭지 않다. 세 달 안에 10만 원 이상 구매하면 매니아인데, 매니아로서 책 한 권당 700원을 받을 수 있다는 의미다.

생각하기에 따라 너무 박한 게 아니냐고 느낄 수도 있지만, 티끌 모아 태산이다. 어차피 독서 경험을 풍성하게 하기 위해 리뷰나 한줄평을 쓸 것이고, 그렇게 남긴 리뷰로 받은 포인트가 쌓이면 책값을 아끼는 데도 도움이 된다.

그리고 오랫동안 예스24에서는 '이주의 리뷰'에 뽑힌 10명에게 각 포인트 3만 원을 줬다. 하루에도 얼마나 많은 책 리뷰가 올라오는데, 10명 안에 드는 게 어렵지 않냐고 물으신다면, 절대 숫자로 본다면 그렇지만 편수에 연연할 필요가 없다. 한때 리뷰 운영자로서 느낀 게, 글을 잘 쓰기란 어렵고, 괜찮은 리뷰를 쓰는 사람이 그리 많지 않다는 사실이다. 블로그 시대에서 페이스북이나 X(구 트위터) 등 소셜미디어 시대로, 그리고 다시 영상 기반인 유튜브 시대로 옮겨 오며 하는 말이 있다. 요즘 사람들은 긴 글을 읽지 않는다, 아니 요즘 사람들은 짧은 글조차 읽지 않는다. 완전히 틀린 말은 아닌 게, 정확한 통계를 낸 적은 없지만 책 후기도 점점 단문 위주로 흐르는 경향이 있다. 이 말인즉슨, 최소한 글의 형식을 갖춘 책 후기가 그만큼 드물다는 뜻이다.

글이 갖춰야 하는 형식이란 무엇인가. 처음, 가운데, 끝으로 이뤄진다. 각각에 해당하는 문단이 있다. 짧은 글이라도 도입부를 이루는 처음 한 문단, 본론에 해당하는 가운데 세 문단, 글을 마무리 짓는 마지막 문단 한 문단이, 아무리 짧은 글이라도 최소한 갖춰야 할 형식이다. 이런 형식을 지키는 책 리뷰가 의외로 많지 않다. 이 형식을 갖추고, 맞춤법에 어긋나지 않으며, 비문을 쓰지 않는다면, 그리고 그 내용이 사회 통념상 괴이하지 않다면 여러분이 꾸준히 인터넷 서점에 리뷰를 썼을 때, 최소한 2년에 한 번 정도는 이주의 리뷰에 뽑힌다고 장담한다. 그렇지 않다면, 저를 찾아오시라. 밥 한 끼 대접하겠다.

여하튼 그렇게 인터넷 서점에 꾸준히 리뷰를 올리다 보면, 취향이 비슷한 사람들과 랜선 친구를 맺기도 하고, 또 우연히 새로 뜨는 저자를 찾아 여러 플랫폼을 탐색하는 출판사 관계자의 눈에 띄어 책 출간으로 이어지기도 한다.

"책 읽고, 인터넷 서점에 꾸준히 리뷰 썼을 뿐인데 상금도 받고, 책도 이어진다면 안 할 이유가 없지 않는가?"

SNS는 시간 낭비라는데
어쩔 수 있나

이번 장은 독서와 SNS에 관해서다. 영국 축구 프리미어 리그의 명장, 알렉스 퍼거슨 전 맨체스터 유나이티드 감독은 "트위터는 시간 낭비."라고 말한 바 있다. 한국에서는 시간 낭비보다 좀 더 센 표현인 'SNS는 인생 낭비'라고 과장되서 퍼졌는데, 당시 퍼거슨 감독은 "그것(SNS) 없이도 삶에서 할 수 있는 일은 많다, 차라리 도서관 가서 책 한 권 읽으시라, 진심으로, 그건 시간 낭비다"라고 밝혔다. 이 자리를 빌어 SNS 대신 독서를 권장한 퍼거슨 감독에 존경을 표한다. 그건 진심으로, 맞는 말이니까.

프로축구 선수들이 SNS에 시간 쓸 바에 본인의 기량을 높이는 게 맞고, 연구자는 공부하는 게 맞고, 배우는 대본 연습하는 게 맞고, CEO는 비즈니스 모델 고민하는 게 맞고, 작가는 글 쓰는 게 맞다. 그런데 상황이 그렇게 단순하지 않다. 일단, 퍼거슨 감독이 겨냥한 축구 선수들조차 요즘 소셜 미디어 계정 없는 사람이 없을 정도다. 일단, 인스타그램 팔로워 수 1위가 누군지 아는가? 한때 퍼거슨 감독의 제자이기도 했던 크리스티아누 호날두다. 2위는 리오넬 메시다. 축구 선수다. 인스타그램 상위 순위를 보면 스포츠 선수만 있는 게 아니다. 배우, 가수, 사업가, 정치인, 작가 등 분야 상관 없이 거의 모든 사람이 소셜미디어를 운영하고 있다. 뭐, 물론 본인이 직접 하는지는 알 수 없지만.

오늘날 소셜미디어는 퍼스널 브랜딩이 이뤄지는 공간이다. 책도 예외일 수 없다. 우리에게도 《곤도 마리에 정리의 힘》으로 알려진 곤도 마리에 팔로워 수가 무려 411만 명이다. 그에 미치진 못하지만 김영하 작가도 무려 17만 명이 넘는 계정이 팔로우한다. 스포츠, 콘텐츠 쪽 종사자뿐만 아니라 의사, 변호사, 회계사 등 전문직도 소셜미디어를 해야 하는, 할 수밖에 없는 시대가 현대다.

독일 사회학자인 안드레아스 레크비츠가 쓴 《단독성들의 사회》는 만인이 만인에 대한 인정 투쟁이 이뤄지는 주요 기제로 디지털화, 소셜미디어를 꼽는다. 막스 베버는 카리스마라는 개념을 분석하며, 전통적으로 마술사, 예언자, 지배자 정도가 비범함과 단독성을 주장할 수 있는 존재였다고 밝힌다. 그에 비해 후기근대, 탈근대로 일컬어지는 현대에서는 모든 사람이 단독성을 주장하고 증명해내야 한다. 왜 이렇게 되었는지 궁금한 독자가 있다면 레크비츠가 쓴 책을 보도록 하자. 정말 멋진 책이다. 이 책의 주제가 후기 근대의 사회 구조와 문화는 아니기에, '어쨌든 우리는 모두 소셜 미디어 한두 개는 운영해야 하는 사회에 살고 있다' 정도로 정리하고 이야기를 이어 가겠다.

먼저 밝혀 둘 건, 개인적으로 블로그, 인스타그램, 페이스북, 유튜브, X(구 트위터), 스레드를 사용해 보긴 했지만 나는 미디어 전문가가 아니라는 사실이다. 독자들 중에서는 나보다 더 능수능란하게 소셜미디어를 사용하고 있는 분들도 있을 텐데, 그런 분들은 이 장을 건너 뛰거나 '아, 이렇게 생각할 수도 있구나' 정도로 넘겨 주시면 좋겠다.

일단 계정부터 공개하고 시작하자면, 블로그 일 방문자수 2천 명 이상 이웃 6,400명. 페이스북 친구 4,300명. 따봉 표시는 최대 300개까지 받아 봤다. 인스타그램 팔로우 2,700명. 하트 최대 300개. 유튜브 구독자 783명, 최대 조회수 4,000회. 쇼츠는 몇 번 올려 보긴 했는데, 센스가 없어 그다지 잘 올리지 않는 편. X(구 트위터)나 스레드는 계정만 있고 거의 사용하지 않는 편이다. 개인적으로 단문 중심의 플랫폼은 나와 맞지 않았다. 이 정도 해 본 사용자로서 느끼고 습득한 독서와 소셜미디어 이용 팁을 공개한다.

책도 읽고 돈도 벌고?

우선 블로그다. 보통 소셜미디어라고 하면 페이스북과 인스타 그램을 떠올리지만 블로그 역시 이웃 간 소통이 중요하고 교류가 가능하다는 점에서 광의의 소셜미디어라 볼 수 있겠다. 요즘은 인스타그램에도 책 관련 콘텐츠가 많지만 아무래도 책 후기는 이미지보다는 책 중심이다 보니 여전히 블로그가 리뷰 쓰기의 메인 플랫폼이다. 출판사에서 진행하는 서평단도 아직은 인스타그램보다는 블로그 중심으로 이뤄진다. 네이버 블로그만 아니라 인터넷 서점도 서비스 명칭은 저마다 조금씩 다르지만 블로그를 운영한다. 예스24 사락(구 YES블로그), 알라딘 서재가 그렇다.

블로그 하면, 어떤 개념이 떠오르는가? '수익화'를 생각하는 사람이 있을 것이다. 사실 이건 블로그만이 아니라 인스타 그램 수익화, 유튜브 수익화, 최근에는 스레드 수익화까지. 소셜미디어를 수익화의 도구로 생각하고 도전하는 사람이 있다. 여기에다 '자동화'라는 단어까지 붙으면 골 때린다. 수익화까진 그렇다 쳐도 수익 자동화는 백이면 백이 사기다. 강의 팔기 위해 저런 자극적인 수사를 사용하는데, 세상에 공짜란 없다. 일하지 않는데 자동으로 계좌의 금액이 불어나는 건 불가능하다. 그러니까 일단 수익 자동화라는 단어를 말하는 사람을 만나면, 도망쳐라.

자동화 빼고, 수익이 가능한지부터 얘기해 보자. N잡 하며 월 천 벌기는 절대 안 될 거다. 실제로 SNS를 이용해 돈 버는 소수의 사람도 있긴 하겠지만, 책으로는 쉽지 않다. 여러 이유가 있는데, 일단 출판 시장 규모가 그렇게 크지 않다. 돈을 벌고 싶다면 시장 규모가 더 큰 업종에서 활약하는 걸 추천한다. 고로, 책을 중심으로 SNS를 운영하겠다면 돈보다는 다른 데 의미를 두는 게 낫다. 책은 내면 수양과 공동체 의식을 함양하기 위해 존재한다. 재밌는 책을 읽을 때는 즐겁기도 하고.

"이 책에서 수 차례 강조했던 대로, 독서가 책 버는 수단은 아니다."

독서에서 끝나지 않고 책 후기를 블로그에 남겨야 하는 실용적인 이유도 있다. 책에 관한 후기를 쓰고, 그 후기에 관해 다른 독자가 댓글을 달아서, 취향이 비슷한 동반자를 만날 수 있다. 그리고 요즘 많은 출판사가 신간 서평단이라는 걸 운영한다. 책을 무상으로 제공하고 후기를 받는 형태. 서평단을 적절하게 운영하면 독서에 드는 비용을 절약할 수 있다. 서평단에 선정되기 위해서는 블로그를 잘 운영할 필요가 있다. 여기서 잘 운영한다는 건 무엇일까?

절대적인 기준은 없겠지만 산 책, 빌린 책, 받은 책에 관한 비율을 적절하게 관리해야 한다. 서평단에 선정되기 위해서

이기도 하지만 나 자신을 위해서도 필요하다. 우선 서평단에 선정되기 위해서는, 주구장창 서평단으로 받은 책만 후기를 작성한다면 그 블로그를 향한 신뢰가 떨어진다. 다른 상품과 마찬가지로 책 역시 무상으로 제공받으면 공정위 문구를 작성해야 하는 바, 모든 글에 '이 리뷰는 출판사로부터 책을 무상으로 제공받아 읽은 뒤 솔직하게 작성하였습니다'는 구절이 있다면, 해당 블로그로부터 느껴지는 진정성이 살짝 떨어지는 게 사실이니까.

무엇보다 똑같은 책을 읽더라도 사서 읽는 책, 도서관에서 빌려서 읽는 책, 무상으로 받은 책을 향한 감상은 다르기 마련이다. 당연히, 사서 읽는 책에 더 진심일 수밖에 없다. 우리 모두가 부자는 아닌 바, 읽고 싶은 모든 책을 살 수는 없다. 그래도 사는 책의 비율을 조금이라도 늘리는 게, 우리의 충만한 독서 생활을 위한 기본 조건이다. 창작자를 위한 최소한의 예의이기도 하고.

책을 주제로 블로그를 운영하면 장점이 있다. 네이버, 그러니까 친숙하게 말하자면 초록창에서는 인플루언서라는 제도를 운영하고 있고, 인플루언서 검색란을 비롯해 검색 결과에 유리하도록 한다. 인플루언서는 분야별로 운영되는데, 그중에서 책 쪽 영역이 여행이나 패션 이런 분야보다는 경쟁이 덜하다는 게 중론이다. 물론, 경쟁이 덜한 이유로는 책을 향한 수요가 적어서일 수도 있지만 책 후기를 작성하기 위해서는 이해력과 판단력, 기본적인 문장력이 필요하다 보니 진입장벽이 높은 측면도 있다. 여하튼 초록창 인플루언서가 되고 싶다면, 독서 블로거로 책 후기를 꾸준히 작성해 보자.

'꾸준히'라는 표현을 썼다. 블로그도 그렇고 인스타그램, 페이스북 등 SNS를 꾸준히 해야 한다. 모든 플랫폼에 기본으로 통용되는 바다. 검색에 노출되기 위해서는 플랫폼마다 알고리즘 정책이 상이할 테지만, 기본적으로는 꾸준히 많은 양질의 콘텐츠를 만들어 온 창작자를 우대한다. 자, 왜 앞에서 '수익 자동화'가 말도 안 되는지 알겠는가. SNS는 꾸준히 계속 해야 한다. 멈추면, 바로 끊긴다. 게다가 블로그마다 편차는 있지만, 조회수 1당 1원 정도로 생각하면 한 달에 월 수입 10만 원을 넘기기가 쉽지 않다. 실제로 나는 한창 책으로 열심히 블로그를 운영했을 때 한 번도 월 10만 원을 넘긴 적이 없다. 그렇지만, 사방팔방 찾아봐도 500원짜리 동전 한 닢도 한 달에 하나 줍기 힘든 세상이다. 책에 관한 후기 성실히 쓰고 소액의 수익을 얻고, 때론 서평단으로 보고 싶은 책을 빨리 받을 수 있는 기회가 있으니 블로그 운영, 굳이 안 할 이유는 없다.

독서인에게 더 알맞은 SNS는?

다음은 페이스북이다. 요즘 누가 페이스북을 하냐고 하지만, 여전히 많이들 하신다. 다만 페이스북이 한창 유행하던 시절 이후 신규 유입이 뜸한 상태에서 고령화되고 있는 느낌이 드는 건 사실이다. 게다가 메타 그룹에서 페이스북을 향한 투자보다는 인스타그램과 스레드에 더 신경 쓰는 느낌이라, 앞으로도 고령화 추세는 쉽게 바뀌지 않을 듯하다.

그럼에도 불구하고 페이스북이 사람에 따라서 유효한 툴이 될 수 있는 건 여전히 페이스북에서 라이징 스타가 될 수 있어서다. 이미지 중심인 인스타그램에 비해 페이스북은 조금 더 긴 호흡으로 글을 쓸 수 있다는 장점이 있다. 출판 관계자분들 중에서도 인스타그램보다는 페이스북을 본진으로 활용하는 사람이 많고, 페이스북에서 얻은 명성으로 책을 내고 베스트셀러 저자로 이름을 떨친 사례도 예전보다는 덜하지만 아직도 간간이 발생한다.

인스타그램은 페이스북에 비해 사용자층이 젊다. 글을 길게 안 써도 된다. 인상 깊은 책 구절이 나오면 찍어서 올리면 되므로 텍스트보다는 이미지가 편한 사람에게 좋다. 그리고 익명성이 강해 관계 맺기가 페이스북보다 좀 더 유연하다. 프로필 사진만 봐도 페이스북은 실제 모습이 대부분이지만, 인스타그램은 꼭 자신의 얼굴이 아니어도 된다. 책이라는 게 무해하고 유익한 물질이다 보니, 선팔 날리기도 상대적으로 편하다.

마지막으로 유튜브가 있다. '겨울서점' 김겨울 작가님이나 '충코의 철학' 이충녕 작가님처럼 일부 책을 중심으로 성공한 채널이 있긴 하지만 책을 주제로 했을 때 가장 어려운 게 바로 유튜브다. 그 이유로는 첫째, 영상 만들고 편집하는 데 드는 비용이 크다. 본인이 영상을 만들고 편집하는 기술을 가졌다고 해도, 제작 과정에 드는 시간이 많다. 둘째, 유튜브라는 채널 속성 그 자체에 있다. 유튜브는 영상을 보려고 휴대폰을 켠 사람을 위한 공간이다. 글이 아니라 영상을 보려는 목적 강한 사람이란 말이다. 이 사람들이 책에 관심이 있겠는가? 대체로 없다. 실제로 유튜브에서 조회수 많이 나오는 채널 보면 답이 나온다. 사이버렉카, 정치, 스포츠다.

유튜브는 독자 쪽이 아니라 저자 발굴 측면에서 출판사가 더 탐을 내는 편이다. 한창 파워 블로거의 책이 나오다, 한창 페이스북 저자의 책이 나오다, 한창 유명 유튜버의 책이 출간되었다. 그 흐름도 지금은 다소 잠잠한 느낌이다.

그러니 독서를 SNS로 연결하려고 한다면, 블로그나 페이스북 또는 인스타그램이 나을 것 같다. 개인적으로는 블로그에서는 책 이야기를 이전만큼 하고 있진 않지만, 계속 블로그든 인스타그램이든 페이스북에서 책에 관해서 써 보려고 한다. 왜냐하면, 책만큼 멋지고 재밌는 건 없으니까. 독자들이 책에 관해 좀 더 많이 말했으면 좋겠다. 개인적으로는, 손민규 계정이

곤도 마리에 급은 아니라도 지금보다 0은 하나씩 더 붙는 계정으로 크면 좋겠다. 이 책을 지금 읽는, 책으로 세상과 소통하고 싶은 당신의 계정도 말이다.

　"우리 함께 성장해요. 구독, 좋아요, 알림 설정
　부탁드립니다"

빌런만 피할 수 있다면
독서모임도 즐거운 자리

독서모임에 관해서는 솔직히, 쓸 내용이 별로 없다. 이 책에서 몇 차례 밝히기도 했지만 근대 이후 독서란 본질적으로 지극히 개인적인 취향이자 행위이고 굳이 모여서 책에 관해 이야기할 필요에 관해 느껴본 적이 없어서다. 특히나 결혼하고 아이가 태어난 뒤, 책 읽을 시간도 내기 힘든데 독서 모임이라니! 라고 생각하는 중에 트레바리가 꽤 인기를 끌었고 예스24에서도 사락이라는 독서모임 플랫폼을 런칭했다. 독서모임에서 인간 관계를 넓히고, 새로운 책을 소개받고, 독서의 폭과 깊이가 확장되는 경험을 했다는 사람도 꽤 있는 듯했다.

독서모임은 홀로 읽기에서 느낄 수 없는 황홀한 순간을 맞을 수 있는 공간이다. 《고립의 시대》에서 노리나 허츠가 지적했듯 현대인들이 점점 더 고립되는 건 세계적인 추세다. 고립이 위험한 건 타자를 향한 혐오와 차별로 이어져서다. 널리 알려진 실험 중에, 타 개체를 한 번도 보지 못한 쥐에게 다른 쥐를 넣어 주면 함께 어울릴 생각은 하지도 못하고 공격성을 표출하거나 숨게 되는 실험이 있다. 인류도 마찬가지다. 우리가 혼자가 될수록, 타 집단을 배격하고 차별하는 극우정당이 득세할 가능성이 높아질 뿐이다. 분열된 세계, 전쟁, 기후위기라는 전지구적 위기 상황에서 우리에게 필요한 건 너와 내가 다르지 않다는 소속감이다. 공동체 의식을 회복하려면 우리는 만나야 한다. 개인과 개인 간 연결하는 끈이 책이면 나쁠 건 없다. 무해하고 유익하며 가성비 좋은 게 책이니까.

앞서도 썼듯, 독서모임에서는 내가 읽던 책의 분야가 확장된다. 보통 소설만 읽는 사람은 소설을, 인문학만 읽는 사람은 인문학만, 사회과학만 읽는 사람은 사회과학만 읽는데 본인 독서 취향이 확고한 게 크게 나쁠 건 없지만 세상을 바르게 인식하는 데는 특정 분야를 넘어선 타 분야의 지식과 지혜도 필요하다. 독서모임은 이걸 가능하게 하는 장이다. 물론, 특정 분야의 책만 계속 읽어 나가는 독서모임도 있는데, 여기서도 손해 볼 건 없다. 내 취향을 보다 섬세하게 갈고 닦을 수 있게 도와주는 고수로부터 도움을 받을 수 있는 곳이 독서모임이라서다.

시중에는 독서모임 플랫폼의 전통 강자인 트레바리부터, 예스24 사락, 소설가 장강명 작가님이 주도하는 그믐 그리고 다양한 독립서점에서 정기적 비정기적으로 주최하는 독서모임이 있다. 각자 관심사별로 맞는 독서모임을 한두 번 겪어 보는 것도 좋겠다. 회사 내 동호회로 활용해 볼 수도 잇겠고, 가족끼리도 소규모 독서모임을 만들어 보면 어떨까.

모임이 해체된 진짜 이유

내가 참여했던 독서모임의 경험을 보면, 연령대가 비슷한 구성원들과 함께하면서 커리어, 연애, 결혼 등 다양한 주제로 공감대를 나눌 수 있었다. 카카오톡을 통해 평소에 소통했고, 멤버별로 돌아가며 책을 선정하는 민주적인 운영 방식이 인상 깊었다. 이러한 독서모임은 단순히 책을 읽는 것을 넘어 서로를 이해하고 성장할 수 있는 소중한 기회를 제공한다. 그럼에도 불구하고 나는 한두 번 참석한 뒤 그 모임에서 나왔다. 빌런을 견디지 못했던 탓이다. 빌런의 유형에는 여러 가지가 있을 테데, 그 모임의 빌런은 말이 너무 많았다.

그러므로 독서모임이 성공적으로 운영되기 위해서는 몇 가지 중요한 요소들을 고려해야 한다. 모임장의 리더십, 구성원 간의 상호 존중, 발언 시간 준수, 다양성과 포용성 등은 건강한 독서모임을 만드는 핵심 요소들이다. 결국 독서모임의 성공은 구성원들의 상호 존중과 진정성 있는 소통에 달려 있다. 이러한 노력을 통해 독서모임은 단순한 독서 모임을 넘어 진정한 지적, 감성적 교류의 장으로 발전할 수 있을 것이다.

독자에서 자자 되기

세상에서 인기 높은 스포츠 두 가지를 꼽으라면 축구와 농구일 테다. 우리나라에서는 야구가 인기가 많지만, 세계에서 두루두루 즐기진 않는다. 축구와 농구는 왜 보편적으로 인기가 많을까? 상대적으로 규칙이 간단하고, 즐기는 데 필요한 장비도 단순해서다. 골을 많이 넣은 팀이 이긴다. 그리고 꼭 정규코트, 골대가 아니라도 적당한 공간과 공만 있으면 즐길 수 있다. 즐기는 사람이 많으니 시장이 형성되고, 프로라는 비즈니스도 열린다. 세계 최고 선수들의 경기를 보면서, 동네 축구장이나 농구장에서 내 몸의 평범함을 깨달으면서도 그 선수들의 몸놀림을 흉내 내는 것, 이게 바로 축구와 농구 인기 비결일 테다.

책도 비슷하다고 생각한다. 독서라는 행위에는 크게 저자와 독자라는 두 축이 존재한다. 20세기만 해도 이 둘의 경계는 공고했다. 극소수의 저자와 나머지 대다수로 이뤄진 독자. 수백만 부 베스트셀러가 탄생할 수 있었던 배경이다. 불과 20세기만 해도, 저자라는 타이틀은 일부에게만 허용되는 자리였다.

천 부 작가의 시대

대한민국 생존 소설가 중 단언컨대 가장 재밌는 글을 쓰는 최민석 소설가와 채널예스 인터뷰로 만날 기회가 있었다. 왜 소설을 썼느냐는 질문에 대한 답이 예상 밖이었다. '에세이를 쓰기 위한 방편'으로 소설을 썼다고 하셨다. 한국에서 에세이를 쓰기 위해서는, 성공했거나 위대한 사람이 되어야 하는데 그렇게 되긴 어려울 듯했고, 에세이를 쓰는 저자를 봤더니 소설가가 있었다, 그래서 소설가가 되기로 했다는, 최민석 소설가다운 신선한 사유였다.

생각해 보니, 그랬던 듯하다. 불과 20세기만 해도 보통 사람이 글을 써서 책을 내기란 쉽지 않은 시대였다. 성공한 사람이거나, 교수이거나, 교수가 아니라면 박사이거나, 스님이나 신부님처럼 성직자이거나, 것도 아니면 소설가가 글을 써서 책을 낼 수 있었다. 그러다 어느 순간부터 보통 사람의 이야기가 나오기 시작했고, 바야흐로 '에세이의 시대'가 열렸다.

역시, 채널예스 인터뷰 때 들었던 한 에세이 저자의 말인데 요약하자면 이렇다. 한 권의 책이 10만 부 팔리기보다 10권의 책이 각 1만 권 팔리는 세상이 더 좋고, 어쩌면 100권의 책이 각 천 부씩 팔리는 게 더 좋은 사회라고. 뭐, 물론 출판사 입장에서는 천 부로 손익분기를 넘길 수는 없으니, 마냥 좋은 일은 아니긴 한데 시대는 그렇게 변해왔다. 백만 부 작가는 사라졌다. 대신 다양한 목소리로 다양한 주제에 관한 책이 나온다. '에세이의 시대'다.

프랑스 사회학자 리오타르는 포스트 모던의 조건으로 이미 거대 서사의 종말을 거론했다. 에세이의 시대는 어쩌면 거대 서사의 종말의 다른 표현일지도 모르겠다. 이러한 변화가 좋은지 나쁜지에 관해서 판단할 입장은 아니나, 확실히 나는 에세이의 시대 덕에 책을 낼 수 있었다. 이 책을 지금 읽는 독자 분들도, 저자가 되어 보길 권한다. 앞서 썼듯, 많은 돈을 벌 수는 없지만, 나름의 의미와 재미가 있다.

《밥보다 등산》을 쓰고, 공개하며 겪은 감정은 결혼식을 치르며 느낀 그것과 비슷했다. 가장 먼저 황홀함. 사랑하는 사람을 우연히 만나 서로를 알아 가며 마침내 이를 공개하는 의식과 책을 쓰는 과정이 닮았다. 결혼하기까지 많은 사건을 만난다. 영화 보고 산책하고 여행 가고 식사하고 등등. 책 쓰는 과정도 마찬가지다. 책이 뚝딱 나오지 않는다. 자료 조사해야 한다. 읽어야 한다. 몰랐던 책, 저자를 알아가는 재미가 상당하다. 물론 힘들기도 하다. 관계가 잘 안 풀릴 때 괴롭듯, 글이 안 나올 때 슬프다. 그래도 어찌 꾸역꾸역 다 해내고 나면, 함께 해냈다는 성취감과 흥분은 온몸을 짜릿하게 감돈다.

그리고 또 하나. 책을 내고 나면 인간관계가 정리된다. 결혼식에 오든 안 오든, 참석 여부는 중요하지 않다. 메신저로, 혹은 결혼이 끝나고 나서라도 만난 자리에서 '축하해'라고 하는 사람과 아닌 사람. 책도 마찬가지다. 사고 안 사고는 중요하지 않다. 아, 물론 사 주셨으면 좋겠지만 각자 사정이라는 게 있으니 못 살 수도 있다. 도서관에서 빌려 볼 수도 있고. 어쨌든 책 쓰느라 고생했다고 해 주는 사람과 아닌 사람. 그렇게 관계가 한 번 정리된다.

서로에게 소중하리라 생각했던 사람인데, 아닌 사람이라는 깨달음이 오면 객관화도 된다. 특히 예상했던 것보다 판매가 저조하면, 내가 잘못 살았구나. 더 열심히 잘 살아야겠다, 하는 다짐을 하게 된다. 이 책이 어떤 식으로 결말이 나든, 그 결과를 겸허히 받아들이고 세 번째 책을 준비해 보겠다.

어디서나 책 읽기

집중하기 좋은 공간이 있다. 층고가 높고 단정하게 정리된 공간으로 독서실, 도서관이 대표적이다. 다만, 이 공간은 워낙 조용한지라 나 자신도 투명 인간이 될 자신이 있는 사람이어야 한다. 무의식중에 다리를 떤다든지, 한숨을 쉰다든지, '음'과 같은 혼잣말을 한다든지 하는 사람은 문제가 될 수 있다. 잠시 자리를 비우고 돌아왔더니 책상에 포스트잇으로 조용히 해 달라는 부탁을 받을 수도 있으니까.

독서실이나 도서관에 비해 카페는 그보다는 조금 더 편히 책을 읽을 수 있는 공간이다. 특히 대놓고 북카페 콘셉트인 카페라면, 내가 책을 들고 가지 않아도 카페에 비치된 공간에서 책을 즐겨 읽을 수 있다. 카페콤마가 대표적인 공간이다. 책 읽는 근육이 아직 충분히 형성되지 않은 독자에게는 위에서 소개한 집중하기 좋은 공간에서 책 읽는 게 좋겠다.

어느 정도 책에 익숙한 사람이라면 사실 공간은 크게 상관없다. 들어가면 눕고 싶은 집에서도 독서가 가능해진다. 다만, 확실히 나가서 각 잡고 읽어야 할 때와는 달리 집중력이 자주 흩어진다. 개인 서재를 갖춘 사람은 다를 텐데, 나는 개인 서재를 갖출 정도로 부자가 아니라 겪어 본 적이 없어 이 책에 쓸 수 없다. 언젠가 개인 서재를 갖추겠다는 꿈이 있는데, 아마 어렵지 않을까 싶다.

이렇게 보면 독서라는 행위는 자본주의에서 보이는 다른 취미처럼 스펙트럼이 정말 다양하다. 돈 한 푼 없이 즐길 수도 있지만, 각 잡고 만끽하려면 한도 끝도 없다. 장서 구입비용은 차치하고, 보관할 수 있는 공간은 몹시 비싸니까. 그렇다, 모든 건 부동산으로 수렴된다.

나는 평일 출퇴근길 지하철에서 책을 읽는다. 이 시간대에는 승객이 많아 부피가 큰 책은 피해왔는데, 최근에 24년 노벨 경제학상 수상작인 《국가는 왜 실패하는가》를 시도했더니, 의외로 괜찮았다. 아무리 혼잡한 시간대라도, 상대적으로 덜 붐비는 열차는 있기 마련. 그곳에서 책을 읽으면 출퇴근길이 전혀 지루하지 않다. 다만, 지하철에서 책을 읽을 때는 메모까지 할 여력은 안 되기에, 인상에 남는 구절은 페이지를 접어 표시해 둔다. 그리고 책을 완독한 뒤, 블로그 등에 독서 기록을 남길 때 접었던 부분 중심으로 한 번 더 읽고 책 내용을 나름대로 정리한다.

기차도 책 읽기 좋은 공간이다. 본가가 부산이기도 하고, 이런저런 일로 다른 지역으로 이동할 때 주로 기차를 택해서 탈 일이 꽤 있다. 막히지 않는다는 이유도 있지만, 버스보다 책 읽기 좋아서다. 흔들리는 버스에서 책 읽다가는 눈 돌아가고 멀미 나지만, 기차에서는 2~3시간 내내 책을 읽어도 문제 없다. 잠시 졸리긴 하다. 졸릴 땐 자면 된다.

여행지에서 독서하기도 몇 번 시도해 보긴 했지만, 역시 다른 곳에 가서는 시선을 멀리 두는 게 좋았다. 마음이 열린 상태라, 우연히 방문한 서점에서 지갑은 쉽게 열리지만 책을 읽게 되지는 않았다. 여행지에서는 그저 책 사는 데서 흐뭇함을 얻고 있다. 여행지의 독립서점에는 대개 그 공간에 얽힌 책을 큐레이션하고 있다. 이를테면 속초 칠성조선소에 들렀을 때는 영동 지방의 이야기를 발굴해 온 온다프레스의 《동쪽의 밥상》을 보자마자 바로 샀다. 평소에는 몰랐던 주제, 저자인데 여행온 서점에서 이런 책을 만나면 반갑고 겸손해진다. 여전히 내가 모르는 책이 많다. 역시, 독서의 본질은 알기 위해서이기도 하지만, 내가 무지하다는 사실을 깨닫기 위해서라는 것을 느낀다.

공간도 중요하지만 나의 책 읽을 환경을 완성하는 건 '음악'이다. 중학생 때부터 음악을 들으며 책을 읽어 왔다. 심지어 고등학생 때도, 내 귀에는 뭔가가 늘 꽂혀 있었다. 귀에 꽂고 공부하는 걸 몹시 싫어하는 선생님들이 야간 자율학습 시간에 잔소리 할 때면, 나만의 루틴대로 성적 곧잘 나오는데 뭐가 문제냐고 당당히 대들진 못했고, 아주 소심하게 반항했지만 선생님도 이런 말로 자신의 통제를 정당화했다.

"야, 니가 전국 1등이야? 너보다 공부 잘하는 애들, 전국에 많아. 아무것도 안 듣고 집중하며 공부하면 성적 더 잘 나올 수도 있는데, 왜 음악 들어?"

선생님 말씀이 맞을 수도 있다. 뭣보다 내가 다닌 학교에는 모의고사 전국 1등이 있었고, 그 친구는 나처럼 귀에 뭔가를 꽂고 공부하진 않았다. 하지만 나는 배경 음악 깔리는 게 학습에서든 독서에서든 효율이 나왔다. 단, 여기서 음악은 주연이 아니라 배경이어야 한다. 가사가 한국말이면 곤란하다. 그 가사에 몰입되며 집중력이 떨어진다. 가사가 없거나, 가사가 있어도 못 알아들어야 한다. 나의 경우에는, 프로그레시브 메탈 밴드 드림씨어터를 즐겨 들었다. 보컬 부분이 있긴 하지만, 다른 멤버들의 연주가 장황하게 이어지는 음악이다. 이런 음악은 독서하기 좋은 환경을 위해 경계를 쳐주는 역할을 한다. 특히, 주변이 어수선하다면 소리로 외부로부터 차단시켜 줄 필요가 있다.

챗GPT도
책 읽으라고 하지 않습니까!

챗GPT가 쓴 책《삶의 목적을 찾는 45가지 방법》이 나온 지
거의 2년이 흐르고 있습니다. 메타버스나 NFT와는 달리, 챗
GPT로 대표되는 생성형 인공지능을 향한 관심이 높고 이미
많은 분야에서 사용하고 있습니다. 이미 학생들은 작문 과제에
인공지능을 적극 사용하고 있다고 하고요, 일부 저자 중에서도
활용하는 사람이 있다고 해요. 그러나 저는 여기까지 글을 쓰
면서, 한 번도 생성형 인공지능의 힘을 빌리진 않았습니다. 그
저 제 경험에 비추어 독서의 좋은 점과 추천하고 싶은 책을 풀
어 왔습니다. 딱히 다른 이유는 없어요. 기계를 사용하면, 글쓰
기가 재미없을 것 같았거든요.

　마르크스가 뭐라고 했죠? 인간이 일하며 보람을 느끼지
못하는 이유는, 소외되기 때문이라고 했습니다. 생산물로부터,

생산 관계로부터 소외되니까요. 굳이 글쓰기에서까지 소외되고 싶진 않거든요!

　다만 마지막 장은 챗GPT의 힘을 빌어 보기로 했습니다. 대체로 인공지능은 아주 특출난 관점은 아니지만, 무난한 답을 내리잖아요? 독서에 관해 제가 생각한 바가 맞는지 궁금하기도 했고요.

　저의 물음은 "독서의 좋은 점 10가지를 알려 줘"였습니다. 제가 얻은 답변은 아래와 같습니다.

1. 지식 확장: 다양한 주제에 대한 정보와 지식을 습득할 수 있다.
2. 비판적 사고: 다양한 관점을 접하면서 비판적 사고 능력이 향상된다.
3. 어휘력 향상: 새로운 단어와 표현을 배우고 어휘력이 늘어난다.
4. 상상력 증진: 이야기 속 세계를 상상하면서 창의력이 자극받는다.
5. 스트레스 감소: 몰입을 통해 일상 스트레스를 잊고 마음의 안정을 찾는다.
6. 공감 능력 향상: 다양한 인물과 상황을 통해 타인의 감정을 이해하게 된다.
7. 집중력 향상: 읽는 데 집중하면서 주의 집중 능력이 발전한다.
8. 글쓰기 능력 향상: 다양한 문체와 구성 방식에 노출되어 글쓰기 능력이 향상된다.
9. 자기 반성: 다양한 주제와 인물의 경험을 통해 자신의 삶을 되돌아보게 된다.
10. 여가 활용: 시간을 효율적으로 보내며 재미와 즐거움을 찾을 수 있다.

닫는 글. 챗GPT도 책 읽으라고 하지 않습니까!

자 어떤가요. 제가 여기에 하나도 더하거나 뺄 문장은 없을 것 같습니다. 독서란 이렇게 좋은 거니까요! 9번째 '자기 반성'을 특히 강조합니다. 책은 내가 얼마나 무지한지, 내가 얼마나 부덕한지를 일깨워줍니다. 메타인지를 가능하게 하는 가장 훌륭한 수단이 책 같습니다. 다른 사람에게 막 대하는 사람 치고 책 많이 읽는 사람을 그리 많이 보지 못했습니다. 전 세계적인 독서율 저하와 정치적 극우화가 인과 관계는 없어도 연관 관계는 있을 겁니다.

　제 주장이 아닙니다. 리터러시와 민주주의를 고민하는 저자들의 책에서 자주 볼 수 있는 주제이지요. 깊이 읽는 사유를 잃어버리면, 정치적 양극화에 매몰되기 쉽습니다. 막말 하기 쉽고, 예의 없이 행동하기 마련입니다. 혹시, 손민규가 무례하게 대한 적이 있다고요? 이 자리를 빌어 사과 드립니다. 아마 그 시절 손민규는 책을 그리 많이 읽지 않았을 거예요. 책을 한창 많이 읽은 시기의 저는 보다 겸손하고, 보다 나은 사람이 되기 위해 노력했습니다. 반박 시, 당신이 옳습니다.

　자, 그렇다면 두 번째 질문을 던져봅니다. 문해력, 리터러시에 관한 살아있는 고전 김성우 저자와 엄기호 저자가 쓴 《유튜브는 책을 집어삼킬 것인가》의 제목을 이용해 물었습니다. "책 읽는 게 좋아, 유튜브 보는 게 좋아?"에 대한 답변은 다음과 같았습니다.

책 읽기와 유튜브 시청은 각기 다른 장점이 있어 선택은 개인의 필요와 목표에 따라 달라질 수 있습니다. 둘 다 정보를 얻고 새로운 것을 배우는 데 유용하지만 접근 방식과 얻는 경험이 다릅니다.

책 읽기의 장점

» 깊이 있는 학습: 책은 심도 있는 지식과 논리를 제공해, 개념을 깊이 이해하고 자신의 속도에 맞춰 학습할 수 있습니다.

» 집중력 향상: 책을 읽을 때는 외부 자극이 적어 집중력과 인내심을 기를 수 있습니다.

» 어휘력과 사고력 발전: 다양한 표현과 문장을 통해 언어 능력과 비판적 사고력이 발달합니다.

유튜브 시청의 장점

» 시각적 학습: 영상과 시각 자료를 통해 더 직관적으로 이해할 수 있어, 시청각 학습에 효과적입니다.

» 다양성: 다양한 주제의 콘텐츠를 쉽게 접근할 수 있고, 짧은 시간 안에 핵심 정보를 빠르게 얻을 수 있습니다.

» 동기부여: 흥미로운 시각 효과와 음악 등으로 인해 동기가 부여되고, 재미있게 학습할 수 있습니다.

상황에 맞는 선택

» 깊이 있는 주제를 탐구하거나 논리적 사고를 발전시키고 싶다면: 책 읽기가 더 좋습니다.

» 빠르게 정보를 습득하거나 시각적 설명이 필요한 주제를 배우고 싶다면: 유튜브 시청이 유용할 수 있습니다.

두 가지를 조화롭게 활용하는 것도 좋은 방법입니다. 예를 들어, 먼저 유튜브로 개념을 간단히 익히고, 책으로 더 깊이 파고드는 방식으로 학습할 수 있습니다.

닫는 글. 챗GPT도 책 읽으라고 하지 않습니까!

제가 꽂힌 문장에 밑줄을 그어 보았습니다. 거 봐요, 책 안 읽을 이유가 없죠! 챗GPT가 안내하기론, 개념을 유튜브로 익히라는데 사실 이쪽도 책으로 충분히 가능합니다. 쉬운 책, 많거든요! 마침 이 책의 원고를 거의 마무리할 시점에 '텍스트 힙'이라는 단어가 여기저기서 들려오고 있더라고요. 이미, 책 읽기의 즐거움에 빠지셨다면 제가 쓴 이 책이 그 즐거움에 방해가 되지 않았길 바라며, 아직 책 읽기의 매력을 못 느낀 분이라면 얼른 도서관이나 서점에 들러 보시길 권합니다.

"정말 근사하고 재밌는 책이 세상에는 많으니까요."

부록

이 책의 인세를 걸고 추천하는
함께 읽고 싶은 책

꼭 함께 읽고 싶은 책이지만, 절판된 책은 제외하고 서점에서 구할 수 있는 책으로 선정했습니다. 다만, 독자 분께서 이 책을 읽을 시점에서는 절판될 수도 있으니, 읽고 싶은 책이 있다면 일단 구해 두시고 시간을 두고 천천히 읽기를 추천합니다.

이 책의 인세를 걸긴 했으나, 취향은 모름지기 개인 차이가 심하므로, 도대체 왜 이런 책을 추천했냐고 하시면 할 말은 없습니다. 책마다 추천하는 이유를 쓰긴 했지만, 지극히 사적인 추천평인 점을 감안하고 읽어 주시면 감사하겠습니다.

《논어》, 《맹자》, 《도덕경》, 《우파니샤드》, 《순수이성비판》, 《성경》, 《공산당 선언》, 《차라투스트라는 이렇게 말했다》처럼 누가 봐도 필독 고전들은 제외했습니다. 굳이 제가 추천 안 해도 아시잖아요. 그런데 왜 《까라마조프 씨네 형제들》은 추천한 거냐, 하신다면 소설 중에는 고전으로 불리는 작품 몇 편은 포함했다고 답하겠습니다. 제 마음이니까요.

지금도 워낙 좋은 책이 많이 나옵니다. 원고를 탈고하고 책이 나온 시점 사이에, '아 내가 왜 이 책을 안 넣었지!' 하고 많이 후회할 것 같습니다. 책의 다른 내용은 못 바꾸더라도, 쇄를 달리 할 때마다 추천 리스트는 업데이트 하고 싶다는 욕심이 있습니다. 예, 그러려면 이 책이 재쇄를 찍어야겠지요.

#인간

《HOLY SHIT》, 멀리사 모어, 글항아리
　　"욕설을 자세히 들여다 보면 인간의 심연이 열린다."

《권력의 법칙》, 로버트 그린, 웅진지식하우스
　　"사람이 둘 이상 모이면 권력 관계가 발생한다."

《넥서스》, 유발 하라리, 김영사
　　"정보를 어떻게 주고받았느냐로 인류사를 이해하려는
　　유발 하라리의 통찰."

《맹신자들》, 에릭 호퍼, 궁리출판
　　"우매한 대중이 되지 않기 위해,
　　전쟁판의 총알받이가 되지 않기 위한 필독서."

《믿습니까? 믿습니다!》, 오후, 동아시아
　　"21세기에도 여전히 별자리, 사주를 믿는 걸 보면
　　우리 인간은 그저 나약한 존재일 뿐."

《불완전한 인간》, 마리아 마르티논 토레스, 현암사
　　"질병, 노화, 우울, 폭력 등 결점투성이 인간을 바라보는
　　인류학자의 독특한 시선."

《블루프린트》, 니컬러스 A. 크리스타키스, 부키
　　"이타적 사회를 만드는 이기적 인간의 근간에 관한 분석."

《빅히스토리》, 데이비드 크리스천·신시아 브라운·크레이그 벤저민, 웅진지식하우스
　　"과학과 역사, 우주와 지구 그리고
　　인류 문명의 과거와 현재, 미래."

《상상된 공동체》, 베네딕트 앤더슨, 길
　　"민족주의 연구의 고전,
　　너는 미국인 나는 한국인으로 여기는 건 자연스러울까?"

《사람일까 상황일까》, 리처드 니스벳·리 로스, 심심
　　"성격심리학보단 사회심리학."

부록. 이 책의 인세를 걸고 추천하는 함께 읽고 싶은 책

《사피엔스》, 유발 하라리, 김영사
　　"너와 나는 다른데, 우리는 하나라고 상상할 수 있는 힘으로
　　　여기까지 왔다."

《서양철학사》, 군나르 시르베크·닐스 길리에, 이학사
　　"잘 정리된 서양철학사."

《성과 속》, 멀치아 엘리아데, 한길사
　　"돈과 권력을 좇는 근대인,
　　　그 이전에 성스러움을 추구했던 전근대인이 있었다."

《세상은 이야기로 만들어졌다》, 자미라 엘 우아실·프리데만 카릭, 원더박스
　　"역사를 움직이는 건 사실 혹은 논리가 아니라 이야기다."

《신의 전쟁》, 카렌 암스트롱, 교양인
　　"인류사는 종교사였고, 많은 전쟁에서 신의 뜻이라는 명분이 남용됐다."

《아이티 혁명사》, 로런트 듀보이스, 삼천리
　　"아이티 혁명은 모든사람이 평등하다고 외쳤고,
　　　여전히 인류는 평등하지 않다."

《유인원과의 산책》, 사이 몽고메리, 돌고래
　　"우리는 침팬지와, 오랑우탄과, 마운틴 고릴라와 닮았다."

《유전자 지배 사회》, 최정균, 동아시아
　　"유전자적으로 과연 인간은 평등할까?"

《인간이 되다》, 루이스 다트넬, 흐름출판
　　"비효율, 감염병, DNA 결함… 그럼에도 인간은
　　　최상위 포식자가 되었다."

《일본 VS 옴진리교》, 네티즌 나인, 박하
　　"1995년 일본 옴진리교의 사린 테러,
　　　대체 어떻게 이런 일이 벌어질 수 있었을까."

《지식인의 두 얼굴》, 폴 존슨, 을유문화사
　　"행동 없이 옳은 소리만 시도 때도 없이 하는 사람을 경계하라."

《집단의 힘》, 박귀현, 심심
　　"혼자로는 못해도 여럿이 모이면 할 수 있다."

《철학사의 전환》, 신정근, 글항아리
　　"한 권으로 읽는 중국 철학사."

《총 균 쇠》, 재레드 다이아몬드, 김영사
　　"근현대 이후에는 설득력이 떨어지지만,
　　전근대 부의 불균형에 관한 꽤나 설득력 높은 책."

《축의 시대》, 카렌 암스트롱, 교양인
　　"인간이 어떻게 살아야 하는지에 관해서는
　　축의 시대 사상가가 이미 답을 제시해 줬다."

《컬트》, 맥스 커틀러·케빈 콘리, 을유문화사
　　"믿음은 사람을 살리기도 하지만 죽이기도 한다,
　　그 후자에 관한 충격적인 실화."

《파시즘》, 로버트 O. 팩스턴, 교양인
　　"열광과 복종 그리고 대참사에 관한 슬픈 기록."

《평균의 종말》, 토드 로즈, 21세기북스
　　"인간의 지적 수준을 제대로 평가할 수 없다면,
　　우리 교육은 무슨 짓을 하고 있는 걸까."

《한국 철학사》, 전호근, 메멘토
　　"한국인으로 사유하기."

#태도

《나는 도망칠 때 가장 용감한 얼굴이 된다》, 윤을, 클레이하우스
  "맞서 부서지기보단, 도망치는 게 낫다."

《나는 평온하게 죽고 싶습니다》, 송병기·김호성, 프시케의숲
  "죽음 당하지 않고, 죽음을 선택할 수 있는 사회를 꿈꾸며."

《나를 지키며 일하는 법》, 강상중, 사계절
  "책의 표현을 빌리자면 '일이란 입장권이자 나다움의 표현',
  어떤 일을 할 것인가."

《노비에서 양반으로, 그 머나먼 여정》, 권내현, 역사비평사
  "신분 상승을 꿈꿨던 한 집안의 짠내 나는 이야기,
  지금 우리의 초상이기도 하겠고."

《다시 조선으로》, 이연식, 역사비평사
  "조국으로 귀환한 이들이 마주한 참혹함,
  살기 힘들어도 남 등쳐먹는 사람이 되진 말아야지."

《두 여자의 인생편집 기술》, 김은령·마녀체력, 책밥상
  "꾸준히 오래 잘하려면 어떻게 해야 하나."

《로베스피에르, 혁명의 탄생》, 장 마생, 교양인
  "'부패할 수 없는'이라는 별명처럼 공적인 인간으로만 존재했던
  한 인간의 초상."

《보여주기》, 오후, 생각의힘
  "잘하는 건 중요하지 않다, 잘 보여 주는 게 중요하다."

《서른에 읽는 재클린의 가르침》, 임하연, 블레어하우스
  "더 이상 수저계급론은 끝,
  우리에겐 모두 이미 물려받은 상속 자산이 있다."

《소방관의 선택》, 사브리나 코헨-해턴, 북하우스
  "무한 반복과 단련만이 위급 상황에서도 흔들리지 않을 수 있다."

《아버지의 마지막 골프 레슨》, 윌리엄 데이먼, 북스톤
  "이미 벌어진 일은 어쩔 수 없고 과거를 해석하는 건 현재 나의 몫이다."

《어떻게 일할 것인가》, 아툴 가완디, 웅진지식하우스
"어떻게 일하긴, 일단 출근부터 성실하게 하자."

《어떻게 죽을 것인가》, 아툴 가완디, 부키
"죽음을 대하는 현대 의학의 풍경."

《완벽에 관하여》, 마크 엘리슨, 북스톤
"한 분야에서 오래 일하고 최고가 된 사람에겐 특별한 뭔가가 있다."

《우연의 질병 필연의 죽음》, 미야노 마키코·이소노 마호, 다다서재
"질병과 죽음에 관한 두 사람의 아름다우면서도 강렬한 대화."

《자발적 고독》, 올리비에 르모, 돌베개
"혼자 있고 싶을 때, 당신의 고독을 응원합니다."

《조제프 푸셰》, 슈테판 츠바이크, 이화북스
"기회주의 끝판왕 푸셰, 닮자는 말은 아니고, 이런 인간도 있다고."

《죽음과 죽어감》, 엘리자베스 퀴블러 로스, 청미
"살아서 한 번은 읽어야 할 죽음학에 관한 고전."

《질병 해방》, 피터 아티아·빌 기퍼트, 부키
"불로장생을 위해."

《참을 수 없는 존재의 MBTI》, 임수현, 디페랑스
"MBTI 등 성격 심리학에 크게 관심은 없어도 흥미로울 책."

《콰이어트》, 수전 케인, RHK
"관종의 시대지만 얌전해도 괜찮아, 내성적이어도 괜찮아, 우린 강하니까."

《파시즘의 서곡, 단눈치오》, 루시 휴스핼릿, 글항아리
"무솔리니에게 파시즘의 길을 열어 줬던,
뛰어난 시인이고 소설가였던, 이 사람은 대체 누군가."

《프랭클린 익스프레스》, 에릭 와이너, 어크로스
"오래, 쓸모 있는 인간이 되기 위한 독서."

부록. 이 책의 인세를 걸고 추천하는 함께 읽고 싶은 책

#공감

《가난의 문법》, 소준철, 푸른숲
　　　"오늘날 가난은 어떻게 재생산되나."

《고기로 태어나서》, 한승태, 시대의창
　　　"우리가 먹는 고기가 만들어지는 이야기."

《그여자가방에들어가신다》, 홈리스행동 생애사 기록팀 기획, 후마니타스
　　　"기차역을 지나며 무심코 보는 홈리스, 여성 홈리스에 관한 이야기."

《나는 가해자의 엄마입니다》, 수 클리볼드, 반비
　　　"가해자 어머니가 쓴 피로 쓴 회고록."

《나는 옐로에 화이트에 약간 블루》, 브래디 미카코, 다다서재
　　　"어른의 세계가 엉망이라도 아이들은 자란다."

《나는 히틀러의 아이였습니다》, 잉그리트 폰 욀하펜·팀 테이트, 휴머니스트
　　　"나치의 아동 납치, 레벤스보른 프로젝트 피해자의 기록."

《나의 조현병 삼촌》, 이하늬, 아몬드
　　　"읽으면서 나의 조현병 친구가 생각나 안타까웠지만,
　　　　우리 사회에 필요한 책."

《낙인이라는 광기》, 스티븐 힌쇼, 아몬드
　　　"양극성 기분장애 아버지를 둔 당사자의 내밀한 논픽션."

《뉴욕 정신과 의사의 사람 도서관》, 나종호, 아몬드
　　　"공감과 공존을 제안하는 예일대 나종호 교수의 따뜻한 글."

《당신은 나를 이방인이라 부르네》, 익천문화재단 길동무 기획, 후마니타스
　　　"대한민국 300만 이주민의 목소리."

《딸이 조용히 무너져 있었다》, 김현아, 창비
　　　"양극성 기분장애 딸을 둔 의사의 기록."

《미래를 먼저 경험했습니다》, 김영화, 메멘토
　　　"난민과 함께 더불어 사는 대한민국을 그려봅니다."

《밥은 먹고 다니냐는 말》, 정은정, 한티재
    "한 공기의 밥이 만들어지기까지
      얼마나 많은 사람이 눈물과 피와 땀을 흘렸을까."

《복학왕의 사회학》, 최종렬, 오월의봄
    "수도권 중심으로 사유하면 지방은 은폐된다."

《사양합니다, 동네 바보형이라는 말》, 류승연, 푸른숲
    "발달장애인을 둔 엄마의 기록."

《사할린 잔류자들》, 현무암·파이차제 스베틀라나, 책과함께
    "국가가 무너진 자리에서 함께 더불어 살아갔던 사람들의 이야기."

《아들이 사는 세계》, 류승연, 푸른숲
    "발달장애인의 자립 가능성을 탐색하다."

《어떤 동사의 멸종》, 한승태, 시대의창
    "일하며 글 쓰는 한승태의 직업 소개소:
      콜센터, 택배 상하차, 뷔페식당, 빌딩 청소 노동기."

《어떤 어른이 되어야 하냐고 묻는 그대에게》, 홍세화·이원재, 정미소
    "어른 홍세화 선생님이 남긴 좋은 사회와 좋은 어른에 관한 말씀."

《열여덟, 일터로 나가다》, 허환주, 후마니타스
    "대학 대신 일터를 택한 대한민국 청소년 이야기."

《인생이 우리를 속일지라도》, 브래디 미카코, 사계절
    "우리끼리 싸우지 맙시다, 나쁜 놈은 따로 있는데."

《일일 다정함 권장량》, 송재은, 웜그레이앤블루
    "그냥 왠지 모르지만, 읽으면서 눈물이 핑 돌게 하는 에세이."

《전쟁과 사회》, 김동춘, 돌베개
    "국가 폭력은 왜 최후에 사용해야 하나,
      아니 사용하지 말아야 하나."

《정상은 없다》, 로이 리처드 그린커, 메멘토
    "정상과 비정상 간 골대는 자주 옮겨져 왔다."

부록. 이 책의 인세를 걸고 추천하는 함께 읽고 싶은 책

《제가 참사 생존자인가요》, 김초롱, 아몬드

   "우리 사회는 참사를 어떻게 기억하고 해석해야 할까."

《체육복을 읽는 아침》, 이원재, 정미소

   "지금 아이는 학교에서 어떻게 어른이 되는가."

《케이크를 자르지 못하는 아이들》, 미야구치 코지, 인플루엔셜

   "느린 학습자, 그들을 기다려 줘야 합니다."

《퀴닝》, 한승태, 시대의창

   "믿고 읽는 한승태 저자의 탄생을 알린 책,
    피·땀·눈물 3단 콤보."

《편향의 종말》, 제시카 노델, 웅진지식하우스

   "혐오와 차별을 건널 뗏목."

#책책책

《공부하고 있다는 착각》, 대니얼 T. 윌링햄, 웅진지식하우스
"역시 효과적인 학습에는 책이죠."

《다시, 책으로》, 매리언 울프, 어크로스
"읽기 환경을 둘러싼 다양한 연구 결과를 소개한다."

《도서관에는 사람이 없는 편이 좋다》, 우치다 다쓰루, 유유
"최소한 도서관은 자본 논리에서 벗어나 있어야 한다."

《독서의 뇌과학》, 가와시마 류타, 현대지성
"짧은 호흡으로 부담 없이 읽을 수 있는 독서의 효용."

《무지의 즐거움》, 우치다 다쓰루, 유유
"알려고 읽는 게 아니라 모른다는 걸 알려고 읽어야 참 독서다."

《문해력 특강》, 정혜승·서수현, 노르웨이숲
"대한민국 최고 문해력 전문가가 진단하는 리터러시 향상법."

《엄마의 독서》, 정아은, 한겨레출판
"아이 키우다 너무 힘들 때 위안받은 책."

《유럽 책방 문화 탐구》, 한미화, 혜화1117
"시공간을 횡단하며 풀어 놓는 매혹적인 출판, 서점 이야기."

《유튜브는 책을 집어삼킬 것인가》, 김성우·엄기호, 따비
"영상 그만 보라는 말 대신 이 책을."

《인공지능은 나의 읽기-쓰기를 어떻게 바꿀까》, 김성우, 유유
"리터러시 전문가 김성우 선생의
챗GPT 시대 읽기 지형에 관한 촘촘한 분석."

《인스타 브레인》, 안데르스 한센, 동양북스
"스마트폰 보면 우울해집니다, 책 보면 충만해집니다."

부록. 이 책의 인세를 걸고 추천하는 함께 읽고 싶은 책

《읽지 못하는 사람들》, 매슈 루버리, 더퀘스트
　　"챗GPT와 유튜브 시대에도 왜 책을 읽는 이유는,
　　　우리가 서로 돌봐야 하는 존재이기 때문이다."

《잘라라, 기도하는 그 손을》, 사사키 아타루, 자음과모음
　　"책과 혁명을 연결 지은 설명에 가슴이 웅장해진다."

《장르별 독서법》, 임수현, 디페랑스
　　"손민규의 책 읽기보다 좀 더 진지하고 깊은 설명에 목마르다면."

《지금도 책에서만 얻을 수 있는 것》, 김지원, 유유
　　"유튜브보단 당연히 책이지."

《책 파는 법》, 조선영, 유유
　　"단언컨대 대한민국 서점에 관한 가장 솔직하고 재밌는 이야기."

《책의 사전》, 표정훈, 유유
　　"책 한 권을 둘러싼 다채로운 이야기."

《출근하는 책들》, 구채은, 파지트
　　"직장인에게 위로를 전하는 책들."

《편집자의 사생활》, 고우리, 미디어샘
　　"좋은 책 뒤에는 편집자가 있고."

《프루스트와 오징어》, 매리언 울프, 어크로스
　　"읽기 연구자의 권위자 매리언 울프의 독서 연구에 관한 고전."

《혼자 남은 밤, 당신 곁의 책》, 표정훈, 한겨레출판
　　"책과 그림과 이야기가 어우러진 밤."

《핑커 씨, 사실인가요?》, 이승엽, 어떤책
　　"야구 감독 아니라 젊은 인문학자 이승엽의 고급 읽기."

#우리_글로_쓴_소설

《7년의 밤》, 정유정, 은행나무

"다른 세계 미스터리에 견줘도 밀리지 않을 걸작."

《82년생 김지영》, 조남주, 민음사

"시대가 많이 변했다고 하지만 아직은 여전히."

《검은 사슴》, 한강, 문학동네

"개인적으로는 한강 작가의 최고작."

《고래》, 천명관, 문학동네

"앞으로 《고래》급 작품 서너 편만 더 쓰면
천명관 작가가 노벨문학상 받을 것이라고 생각했다."

《관촌수필》, 이문구, 문학과지성사

"대한민국 근현대 이촌향도 디아스포라에 관해서."

《극해》, 임성순, 은행나무

"폭력의 보편성은 민족주의를 넘어선다."

《나는 여기가 좋다》, 한창훈, 문학동네

"고백하건대 나도 바다 이야기가 좋고 한창훈 소설이 좋다."

《나의 아름다운 정원》, 심윤경, 한겨레출판

"아름다운 성장 소설로 심윤경 작가를 알게 해 준 작품."

《놀러 가자고요》, 김종광, 작가정신

"고향 농촌 소설로 농촌문학의 마지막이자 결정체."

《누운 배》, 이혁진 한겨레출판

"조직이란 왜 이상한가? 특히 직장인이 읽으면 공감 만 번이다."

《능력자》, 최민석, 민음사

"고백하건대 웃기고 웃기다 뭉클함 한두 스푼 들어가는 최민석표 소설."

《뜨거운 피》, 김언수, 문학동네

"나고 자란 부산 영도가 소설 배경이라 더 몰입하며 읽은 작품."

《라스팔마스는 없다》, 오성은, 은행나무
　　"한창훈 이후 맥이 끊긴 바다 소설, 다시 드넓은 해양으로 나가고 싶다."

《마지막 마음이 들리는 공중전화》, 이수연, 클레이하우스
　　"자살하는 대한민국에 전하는 따뜻한 위로."

《말이 되냐》, 박상, 새파란상상
　　"이렇게 웃긴 야구 소설이라니 말이 되냐."

《무중력 증후군》, 윤고은, 한겨레출판
　　"어느 날 갑자기 달이 두 개가 된다면,
　　　엉뚱한 상상이 아름다운 글로 이어지다."

《밤의 여행자들》, 윤고은, 민음사
　　"남의 재앙이 관광 상품이 된다면."

《상상범》, 권리, 은행나무
　　"창조적 상상이 죄가 되는 디스토피아를 상상하다."

《설계자들》, 김언수, 문학동네
　　"세계가 인정한 K-스릴러."

《설이》, 심윤경, 한겨레출판
　　"교육이라는 얼굴을 한 폭력."

《손님》, 황석영, 창비
　　"20년 전에 읽은 소설 중 기억나는 몇 안 되는 명작."

《싸이코가 뜬다》, 권리, 한겨레출판
　　"뭐 이런 게 소설이지 싶다가 통쾌하면서도 답답해하며 읽다 울어버렸다."

《아리랑》, 조정래, 해냄
　　"《토지》와 더불어 대학교 도서관에서 푹 빠져 읽은 대하소설."

《어서 오세요 휴남동 서점입니다》, 황보름, 클레이하우스
　　"책과 서점과 이 소설이 전하는 감동과 위안."

《영원한 유산》, 심윤경, 문학동네
　　"언커크 벽수산장에 관한 유별난 망각."

《예테보리 쌍쌍바》, 박상, 작가정신
　　　"헤비메탈의 지역으로 유명한 예테보리,
　　　거칠면서도 정감 가는 박상표 땀내 나는 소설."

《우리가 잃어버린 것》, 서유미, 현대문학
　　　"생활 밀착형 소재를 따뜻하게 쓰는 서유미 작가님의
　　　보통의 우리들 이야기."

《자기 개발의 정석》, 임성순, 민음사
　　　"깔깔깔, 웃고 웃고 인상 깊은 책장을 접고 접다 계속 접었다."

《잠실동 사람들》, 정아은, 한겨레출판
　　　"초고층 아파트촌 잠실이 대한민국의 미래인데, 좋은 걸까."

《재수사》, 장강명, 은행나무
　　　"세계 사상사를 미스터리에 탑재하다."

《죽음의 한 연구》, 박상륭, 문학과지성사
　　　"체급이 다른 소설가 박상륭의 대표작."

《캐비닛》, 김언수, 문학동네
　　　"김언수의 탄생을 알린 환상적인 이야기."

《쿨하게 한걸음》, 서유미, 창비
　　　"미래가 불안한 대학생 때 읽으며 참 많이 위로 받았다."

《탱크》, 김희재, 한겨레출판
　　　"믿는 데 이유는 없습니다, 그게 믿음이죠."

《토지》, 박경리, 다산책방
　　　"《아리랑》과 더불어 대학교 도서관에서 푹 빠져 읽은 대하소설."

《표백》, 장강명, 한겨레출판
　　　"거대 서사 종말이라는 탈근대 징후를 소설로써 탐색하다."

《풍의 역사》, 최민석, 민음사
　　　"만담 느낌으로 풀어낸 한국 근현대사."

부록. 이 책의 인세를 걸고 추천하는 함께 읽고 싶은 책

#외국_소설이라는_세계

《13.67》, 찬호께이, 한스미디어
　　"중화권 대표 추리소설가 찬호께이의 대표작."

《64》, 요코야마 히데오, 검은숲
　　"692쪽인데 과장 안 보태고, 펼치고 그 자리에서 다 읽었음."

《Y의 비극》, 엘러리 퀸, 해문출판사
　　"이른바 3대 추리소설 중 제일 재밌었다."

《검은 얼굴의 여우》, 미쓰다 신조, 비채
　　"작가 특유의 오싹한 기괴함에 역사적 허구가 가미된 작품,
　　역시 인간이 제일 무섭다."

《광대 샬리마르》, 살만 루슈디, 문학동네
　　"세세한 내용은 기억나지 않지만,
　　엄청난 작품이었다는 인상은 여전히 뇌리에 남아 있다."

《동급생》, 프레드 울만, 열린책들
　　"결말이 이토록 강렬한 작품은 몇 없었다,
　　책장을 덮으며 눈물 찔끔 흘린 이야기."

《데미안》, 헤르만 헤세, 민음사
　　"다른 여러 사람이 그러하듯 나 역시 헤르만 헤세를 좋아했다."

《모방범》, 미야베 미유키, 문학동네
　　"우리에게 미야베 미유키라면 역시 사회파 미스터리의 대가로 통한다."

《사서》, 옌롄커, 자음과모음
　　"21세기에도 여전히 불온한 소설이 있고,
　　이 불온함이 건전한 사회를 구축할 것이다."

《살인자의 건강법》, 아멜리 노통브, 문학세계사
　　"노통브의 초기 작품은 기발하고 섬뜩하면서 통쾌했다."

《성》, 프란츠 카프카, 열린책들
　　"내용은 고구마지만 어쩌나, 삶이 원래 고구마인데."

《이유》, 미야베 미유키, 청어람미디어
"개인적으로 꼽는 미야베 미유키 최고의 작품, 부동산과 얽힌 범죄물."

《장미의 이름》, 움베르토 에코, 열린책들
"이야기만 따라가도 재밌고, 배경지식이 있으면 더 재밌게 읽힌다."

《좁은 문》, 앙드레 지드, 열린책들
"제목이 멋졌고, 어릴 때 읽은 비극적인 로맨스라 여전히 인상에 깊이 남는다."

《철서의 우리》, 교고쿠 나츠히코, 손안의책
"종교, 민속 소재를 미스터리로 이렇게 멋지게 다루는 작가가
교고쿠 나츠히코 말고 있을까."

《까라마조프 씨네 형제들》, 표도르 도스토예프스키, 열린책들
"여간해선 같은 책을 두 번 안 읽는데, 이 작품은 세 번 읽을 만큼 감명 받았다.
오죽하면 카라마조프 형제들의 첫째 이름인 '드미트리'를 인터넷에서 사용할
정도다."

부록. 이 책의 인세를 걸고 추천하는 함께 읽고 싶은 책

#우아하게_읽고_쓰기

《강원국의 글쓰기》, 강원국, 메디치미디어
"장르 불문 거의 모든 분야에 통하는 글쓰기."

《김택근의 묵언》, 김택근, 동아시아
"오랜만에 발견한 강렬한 문장, 따라 쓰고 싶은 문체."

《내 문장이 그렇게 이상한가요?》, 김정선, 유유
"교정 전문가에게 배우는 문장론"

《단어가 품은 세계》, 황선엽, 빛의서가
"단어 하나만 알아도 세계를 보는 시각이 광활해집니다."

《어른의 문해력》, 김선영, 블랙피쉬
"글 잘 쓰려면, 일단 문해력부터 높이자."

《에디톨로지》, 김정운, 21세기북스
"모든 글을 만들어 낼 순 없으니, 편집하는 시야를 길러야."

《요즘 어른을 위한 최소한의 맞춤법》, 이주윤, 빅피시
"아무리 내용이 좋으면 뭐 하나, 맞춤법 틀리면 신뢰가 안 가지."

《유혹의 기술》, 로버트 그린, 웅진지식하우스
"나의 편을 만들고 싶다면."

《이런 제목 어때요》, 최은경, 루아크
"얼굴은 머리발이고, 글은 제목발이다."

《좋은 문장 표현에서 문장부호까지!》, 이수연, 마리북스
"헷갈리는 표현, 짜임새 있는 구조, 정확한 부호 사용까지."

《첫 책 만드는 법》, 김보희, 유유
"저자로 오래 버티고 싶다면 이 책을 읽고 써보자."

《향문천의 한국어 비사》, 향문천, 김영사
"우리는 어쩌다 지금처럼 말하고 쓰게 됐을까."

#지금_우리_세계

《1991》, 마이클 돕스, 모던아카이브
　　"불평등 종식을 약속했던 소비에트 최후의 순간."

《격차》, 제이슨 히켈, 아를
　　"여전히 왜 세계는 불평등한가."

《고립의 시대》, 노리나 하츠, 웅진지식하우스
　　"나도 외롭고, 너도 외롭고 우리 모두 외로운 현대 사회."

《과잉 히스테리 사회, 단독성들의 사회》, 안드레아스 레크비츠, 새물결
　　"내가 경영가이고 노동자인 관종의 사회학."

《국가는 왜 실패하는가》, 대런 아세모글루·제임스 A. 로빈슨, 시공사
　　"근대 이후 세계를 이해하려면 바로 이 책이 적합하다."

《권력과 진보》, 대런 아세모글루·사이먼 존슨, 생각의힘
　　"번영은 필연이 아니다, 권력이 결정한다."

《노마드 랜드》, 제시카 브루더, 엘리
　　"집값이 비싸 차에서 먹고 자고 일하는 사람들."

《사회사상사》, 루이스 코저, 한길사
　　"근대성, 계급, 도시, 민족국가 등등 사회학의 주요 개념의 형성사."

《세계 끝의 버섯》, 애나 로웬하웁트 칭, 현실문화
　　"자본주의가 끝은 아니다."

《야망계급론》, 엘리자베스 커리드헬킷, 오월의봄
　　"오늘날 엘리트는 돈 말고 무엇으로 존재를 증명할까."

《우리는 미국을 모른다》, 김동현, 부키
　　"미국은 피로 맺어진 동맹이긴 한데, 언제까지?"

《일본의 굴레》, R. 태가트 머피, 글항아리
　　"가깝지만 잘 모르는 나라 일본, 일본은 왜 저럴까."

부록. 이 책의 인세를 걸고 추천하는 함께 읽고 싶은 책

《전선일기》, 정문태, 원더박스
　　　"종군 기자 정문태의 기록, 여전히 지구는 전쟁 중."

《제인스빌 이야기》, 에이미 골드스타인, 세종서적
　　　"제조업이 사라진 도시의 운명."

《지구본 수업 1, 2》, 박정주, 황동하, 김재인, 그림씨
　　　"한국인 저자가 쓴 세계 지정학."

《지도로 보아야 보인다》, 에밀리 오브리·프랭크 테타르·토마 앙사르, 사이
　　　"120개 지도와 함께 보는 현대 지정학."

《퍼센트 %》, 안지현, 이데아
　　　"통계로 본 대한민국, 안 좋은 수치가 많아 마음이 쓰리다."

《현대 철학의 최전선》, 나카마사 마사키, 이비
　　　"우리 시대 당면 과제를 치열하게 사색하다."

#지구야_아프지_마

《내 안에 기후 괴물이 산다》, 클레이튼 페이지 알던, 추수밭
    "기후 위기에는 우리 성격도 더러워진다."

《동물의 자리》, 김다은·정윤영·신선영, 돌고래
    "동물도 인간과 함께 늙어서 죽을 권리가 필요해."

《소비하는 인간, 요구하는 인간》, 김경은, 마인드빌딩
    "쓰레기 분리수거보다 더 중요한 산업 고도화."

《식량위기 대한민국》, 남재작, 웨일북
    "기후 위기는 농업 위기이고, 수입에 의존하는 대한민국은 더욱 취약할 수밖에."

《옷을 사지 않기로 했습니다》, 이소연, 돌고래
    "옷이 날개가 아니라, 그대 얼굴과 품성이 날개입니다."

《재앙의 지리학》, 로리 파슨스, 오월의봄
    "부국이 빈국을 향해 오염을 수출하는 불편한 진실."

《지구 파괴의 역사》, 김병민, 포르체
    "과학자이자 한 시민으로 바라본 현재 기후 위기의 여러 주제."

《찬란한 멸종》, 이정모, 다산북스
    "멸종되었거나, 멸종 위기에 놓은 종의 입장에서 이야기하는 지구의 역사."

부록. 이 책의 인세를 걸고 추천하는 함께 읽고 싶은 책

#공간을_읽는_눈

《40일간의 남미 일주》, 최민석, 해냄
　　　“읽다 자주, 크게 웃었다.”

《공간 혁명》, 세라 윌리엄스 골드헤이건, 다산사이언스
　　　“내 삶이 별로라면, 공간을 재설계해 보자.”

《김시덕의 한국 도시 아카이브 세트》, 김시덕, 열린책들
　　　“도시로 보는 한국 근현대사.”

《나의 문화유산 답사기 시리즈》, 유홍준, 창비
　　　“누가 뭐래도 답사기, 하면 유홍준 선생님의 답사기지.”

《도시는 왜 역사를 보존하는가》, 로버트 파우저, 혜화1117
　　　“전통과 현재를 어떻게 조화할 것인가, 세계 여러 도시의 해법.”

《도시독법》, 로버트 파우저, 혜화1117
　　　“로버트 파우저 교수의 도시 이야기,
　　　　부산, 대전, 대구, 인천 등 대한민국 도시도 있다.”

《도시에 산다는 것에 대하여》, 마즈다 아들리, 아날로그
　　　“막연히 자연인을 동경한다면, 이 책을 읽으시라.”

《박철수의 거주 박물지》, 박철수, 집
　　　“장독대, 식모방, 상가주택, 발코니 등
　　　　근현대 우리 주거 문화에 관한 다채로운 이야기.”

《베를린 일기》, 최민석, 민음사
　　　“읽다 여러 번 크게, 웃었다.”

《부산은 넓다》, 유승훈, 글항아리
　　　“부산을 즐기는 인문학, 역사적 시야.”

《사람의 산 우리 산의 인문학》, 최원석, 한길사
　　　“이 책을 읽으면, 동네 뒷산도 성스럽게 보인다.”

《사찰에는 도깨비도 살고 삼신할미도 산다》, 노승대, 불광출판사
　　　“대한민국은 산이 2/3이고, 그 산에는 절이 있다.”

《서울 건축 여행》, 김예슬, 파이퍼프레스
"꽉 막힌 스카이라인이지만 자세히 보면 다채로운 서울 이야기."

《서울이 아니라면 나는 무엇을 할 수 있을까》, 김희주, 일토
"좁고 비싼 서울을 벗어나고 싶다면."

《쇳밥 일지》, 천현우, 문학동네
"지방에도 사람이 살고 일하고 있습니다."

《암보스 문도스》, 권리, 소담출판사
"소설처럼 어디로 튈지 모르는 권리의 여행기는 집중해서 읽어야 한다."

《어디서 살 것인가》, 유현준, 을유문화사
"보다 인간적인 건축을 고민하다."

《에베레스트에서의 삶과 죽음》, 셰리 B. 오트너, 클
"20세기 히말라야는 인류에게 무엇이었을까."

《익숙한 건축의 이유》, 전보림, 블랙피쉬
"익숙한 공간이 불편한 데는 이유가 있다."

《집으로 돌아가는 가장 먼 길》, 임성순, 행북
"임성순 소설가의 유럽 여행기, 소설가의 여행기에는 매력이 있다."

《탈서울 지망생입니다》, 김미향, 한겨레출판
"서울을 벗어난 여러 사람의 이야기."

《한국 종교 문화 횡단기》, 최종성, 이학사
"세속화된 대한민국이지만, 여전히 곳곳에 성스러운 장소는 존재한다."

《행복의 지도》, 에릭 와이너, 어크로스
"어떤 나라가 가장 행복할지 궁금해 떠난 에릭 와이너의 세계 일주."

부록. 이 책의 인세를 걸고 추천하는 함께 읽고 싶은 책

#고급진_취미

《검은 고독 흰 고독》, 라인홀트 메스너, 필로소픽
　　"진짜 비밀인데, 실은 에베레스트 정상에 올라 봤습니다, 이 책으로요."

《난 지금입니다!》, 민이언, 디페랑스
　　"만화 슬램덩크 본 사람은 모여라, 농구공 던지게 싶어지는 책."

《내 여름날의 록스타》, 이승윤·당민, 클로브
　　"소리 질러~~~ 헤비메탈은 진리입니다."

《마음의 힘이 필요할 때 나는 달린다》, 김세희, 빌리버튼
　　"풀코스를 3시간 7분 30초에 완주한 정신과 전문의의 달리기."

《밥보다 등산》, 손민규, 책밥상
　　"등산 에세이 중 가장 유쾌하다 자평해 봅니다."

《밥보다 재즈》, 김광현, 책밥상
　　"재즈 좋아하는 독자들의 애독서."

《사랑 앞에 두 번 깨어나는》, 오성은, 책밥상
　　"마음이 차분해지는 영화 OST 에세이."

《사랑은 달아서 끈적한 것》, 박상, 작가정신
　　"웃긴 작가 박상의 음악 감상 에세이."

《신들의 봉우리》, 유메마쿠라 바쿠, 리리
　　"최고의 산악 소설, 겨울 눈 쌓인 산을 보면 생각나는 작품."

《아무튼 산》, 장보영, 코난북스
　　"산을 열렬히 사랑하고, 트레일러닝 고수가 된 장보영 저자의 에세이."

《아무튼 술》, 김혼비, 제철소
　　"술 마시며 낄낄대고 읽기 좋은 책."

《야생 속으로》, 존 크라카우어, 리리
　　"잠은 편한 데서 자자는 쪽이라 캠핑해 본 적이 없는데,
　　이 책 읽으니 왜 캠핑을 좋아하는지 이해가 갔다."

《옛 그림으로 본 조선》(전 3권), 최열, 혜화1117
　　　"내 방을 고급 미술관으로 바꿔줄 책."

《인생에도 레시피가 있다면》, 파란달, BOOKERS
　　　"따뜻한 영화와 글과 음식 이야기."

《인생의 비탈에서 흔들리지 않도록》, 파스칼 브뤼크네르, 와이즈맵
　　　"프랑스 철학자의 산 이야기."

《잉여롭게 쓸데없게》, 임성순, 행복
　　　"오락실, 만화방, 스타크래프트가 가끔 생각나는 독자라면 울며 읽을 책."

《조선시대 사가기록화, 옛 그림에 담긴 조선 양반가의 특별한 순간들 + 조선시대 궁중기록화,
　옛 그림에 담긴 조선 왕실의 특별한 순간들 세트》, 박정혜, 혜화1117
　　　"대한민국 미술사학의 쾌거, 이런 책이 또다시 탄생할 수 있을까."

《취미로 축구해요, 일주일에 여덟 번요》, 이지은, 북트리거
　　　"잘할 필요 있나요, 좋아하면 되지, 축구 좋아하는 이지은 작가의 이야기."

《취하지 않고서야》, 김현경·장하련·송재은, 흔
　　　"젊은 사람의 취중 진담, 다정한 술 이야기."

《피아노에 관한 생각》, 김재훈, 책밥상
　　　"당신의 바이엘, 체르니 시절을 떠올리게 만들 뭉클한 글."

《하루 한 장, 인생 그림》, 이소영, RHK
　　　"굳이 미술관 가지 않아도 내 일상이 미적 체험으로 가득해지는 경험."

《한국인은 왜 이렇게 먹을까?》, 주영하, 휴머니스트
　　　"맛집 투어가 취미라면, 이 책 보고 더욱 풍성해지는 미식 여행이 될 거예요."

《행복의 모양은 삼각형》, 양주연, 디근
　　　"짧지만, 강렬한 등산 예찬."

부록. 이 책의 인세를 걸고 추천하는 함께 읽고 싶은 책

#내_마음이_아파요

《겸손한 공감》, 김병수, 더퀘스트
　　"삶은 견디는 겁니다."

《내 마음을 돌보는 시간》, 김혜령, 가나출판사
　　"날카로워지기 쉬운 시대, 내 마음은 내가 지키자."

《뉴로다르마》, 릭 핸슨, 불광출판사
　　"마음챙김에 관한 훌륭한 입문서."

《답답해서 찾아왔습니다》, 한덕현·이성우, 한빛비즈
　　"사십춘기를 무난하게 넘어가려면."

《마음 단련》, 한덕현·김아랑, 도도서가
　　"초일류 스포츠 선수는 뭐가 다를까?"

《매우 예민한 사람들을 위한 상담소》, 전홍진, 한겨레출판
　　"예민하지 않아도, 마음이 힘들 때 한 번 펴 보세요,
　　거의 모든 징후에 관해 다룬 책."

《밥보다 진심》, 김재원, 책밥상
　　"감정을 정확히 파악해야 내 마음이 덜 힘들어."

《어른이 되면 괜찮을 줄 알았다》, 김혜남·박종석, 포르체
　　"나의 우울감을 잘 달래 주는 법."

《외모 자존감 수업》, 부운주, 그래도봄
　　"외모 천재는 드물어요, 외모 콤플렉스가 심하다면 추천, 특히 청소년에게."

《우울할 땐 뇌 과학》, 앨릭스 코브, 심심
　　"우울감이 올라온다면, 집에 비치해 두고 읽도록 하자."

《죽고 싶은 사람은 없다》, 임세원, RHK
　　"의미를 발견하지 못하면 약해진다."

《증오하는 인간의 탄생》, 나인호, 역사비평사
　　"혐오를 사상으로 구체화하는 지식인을 경계해야 한다."

#사랑이라니_가족들아

《가부장제의 창조》, 거다 러너, 당대
"여성사 전문가 거다 러너의 역작, 평등하고 우애로운 가족을 위한 뿌리 찾기."

《가장 공적인 연애사》, 오후, 날
"만담꾼 오후 작가의 기상천외 연애사."

《가족을 다 안다는 착각》, 최광현, 빌리버튼
"가족이 원수라면, 좀 더 건강한 관계를 고민해야겠지요."

《돌봄과 작업》, 서유미 외, 돌고래
"필진이 모두 여성이나, 요즘 시대 꼭 여성에게만 해당하는 문제가 아니다.
애 키우면서 창작하기란 몹시 어려운 일."

《삐뽀삐뽀 119 소아과》, 하정훈, 유니책방
"아이 있는 집 필독서죠."

《사랑이 묻고 인문학이 답하다》, 정지우, 포르체
"이별해도 괜찮아, 사랑했으니까."

《사랑한다면 스위스처럼》, 신성미, 크루
"한국과는 사뭇 다른 스위스의 엄마 아빠 모습, 부러운 지점이 많다."

《소녀는 어떻게 어른이 되는가》, 레이철 시먼스, 양철북
"두 딸 키우는 상황에서 도움 얻은 책, 왜 아들에 관한 책은 없냐 하면
겉에서 보기에 남아들은 대체로 공 하나 던져주면 잘 놀기 때문. 나도 그랬고."

《양육가설》, 주디스 리치 해리스, 이김
"거 참, 애는 알아서 크는 거라니까요."

《일하는 딸》, 리즈 오도넬, 심플라이프
"애 키우고 일하고 부모 돌봄까지 짊어져야 하는 삶에 관하여."

《커리어 그리고 가정》, 클라우디아 골딘, 생각의힘
"평등하다는데 왜 결국 고소득자는 여자보다 남자가 많을까."

부록. 이 책의 인세를 걸고 추천하는 함께 읽고 싶은 책

#뭐니_뭐니_해도_돈이_문제

《거인의 어깨 1, 2》, 홍진채, 포레스트북스
　　"투자에 나서기 위해 알아야 할 가장 기본적인 개념들."

《나의 월급 독립 프로젝트》, 유목민, 리더스북
　　"장기 투자? 주식으로 돈 벌려면 단타해야, 문제는,
　　초단타로도 돈 벌기 쉽지 않아…."

《돈을 사랑한 편집자들》, 이경희·허주현, 위즈덤하우스
　　"가볍게 읽는 돈 에세이."

《돈의 지혜》, 파스칼 브뤼크네르, 흐름출판
　　"돈은 중요하지 않다면서 인세 안 받는 저자 봤니? 하며 시작하는
　　재밌는 돈 이야기."

《돈의 철학》, 게오르그 짐멜, 길
　　"경제학적 논리를 넘어 문화적 의미로써 돈에 관해 분석한 사회학 고전."

《돌파매매 전략》, systrader79·김대현, 이레미디어
　　"대가는 눌림목 매매가 아니라 돌파 매매로 돈 번다는데,
　　따라했다 바로 잃긴 했다…."

《딸아, 돈 공부 절대 미루지 마라》, 박소연, 메이븐
　　"돈을 향한 균형 잡힌 시선이 중요해."

《모두가 기분 나쁜 부동산의 시대》, 김민규, 빅피시
　　"왜 수도권 신축 아파트는 비싸지기만 할까."

《행복 공부》, 김희삼, 생각의힘
　　"이스털린의 역설의 한국판, 행복하려면 돈이 필요해."

《붕괴》, 애덤 투즈, 아카넷
　　"2008년 경제 위기는 무엇이 문제였고 그 뒤로 어떻게 바뀌었나."

《자살하는 대한민국》, 김현성, 사이드웨이
　　"대한민국 사람은 돈을 좋아하는 게 아니라, 없어서 돈,돈,돈 한다."

《지적 행복론》, 리처드 이스털린, 윌북
 "돈 많이 번다고 행복하지 않아요, 정신 승리일지도."

《투자의 역사는 반드시 되풀이된다》, 정광우, 포레스트북스
 "코로나19 팬데믹 전후의 자산 사이클을 알기 쉽게 분석한다."

《한국 신자유주의의 기원과 형성》, 지주형, 책세상
 "오늘날 대한민국 자본주의 구조를 이해하기 위한 명저."

3장. 책 읽으면 뭐가 좋아요?

#호기심을_채우는_역사

《1493》, 찰스 만, 황소자리
　　"호모 제노센, 균질화된 세계의 기점이 된 해 1493년에 관한 책."

《에릭 홉스봄 시대 3부작 세트》, 에릭 홉스봄, 한길사
　　"근대를 이해하려면 이 정도는 읽어야지."

《나폴레옹 세계사》, 알렉산더 미카베리즈, 책과함께
　　"지금 국경선의 기원, 나폴레옹 전쟁."

《독일 현대사》, 디트릭 올로, 미지북스
　　"민족국가 성립, 세계대전, 분단과 통일에 이르기까지 독일 이야기."

《무당과 유생의 대결》, 한승훈, 사우
　　"한 번 만들어진 전통은 쉽사리 없앨 수 없다, 아직도 사주 보잖아요."

《물질의 세계》, 에드 콘웨이, 인플루엔셜
　　"역사의 주체는 인간이 아니라 자원."

《선 넘는 한국사》, 박광일, 생각정원
　　"이 정도는 알아야 한국인."

《슬픈 중국》, 송재윤, 까치
　　"근현대 중국사를 읽는 법."

《시민의 한국사》, 한국역사연구회, 돌베개
　　"한국사를 좀 더 자세히 알고 싶다면."

《실크로드 세계사》, 피터 프랭코판, 책과함께
　　"근현대에 하나가 된 세계? 예전부터 유라시아는 이어져 있었다."

《아랍》, 유진 로건, 까치
　　"아랍 역사에 관한 대표작."

《알파벳과 여신》, 레너드 쉴레인, 콘체르토
　　"인류의 폭력을 뇌 구조와 젠더 차이에서 찾는 흥미로운 접근법."

《유럽 1914-1949》《유럽 1950-2017》, 이언 커쇼, 이데아
"20세기는 유럽의 시대이니, 이 두 책을 읽어야지요."

《이탈리아 현대사》, 폴 긴스버그, 후마니타스
"대한민국이 이탈리아와 비슷하다는데, 진짜일까 궁금하다면."

《전염병의 세계사》, 윌리엄 맥닐, 이산
"감염병은 인류 역사를 바꿔온 원인이자, 역사가 바뀌면서 생긴 결과."

《중세를 오해하는 현대인에게》, 남종국, 서해문집
"아직도 유럽 중세가 암흑시대라 막연히 생각한다면."

《출생을 넘어서》, 황경문, 너머북스
"대한민국의 지배층은 어디서 기원했을까."

《하버드 중국사》, 마크 에드워드 루이스·티모시 브룩 외, 너머북스
"중국을 이해하려면 이 책이 길이다."

《한국의 유교화 과정》, 마르티나 도이힐러, 너머북스
"제사 지내며 '내가 왜 이런 걸 하고 있지' 궁금할 때 읽어 보시길."

《한중일 비교 통사》, 미야지마 히로시, 너머북스
"비슷하면서 각기 다른 한중일 역사 전개."

《병자호란, 홍타이지의 전쟁》, 구범진, 까치
"사실 조선과 청의 군사력 차이가 크진 않았다, 승패는 디테일에서 갈렸다."

#과학하기의_쓸모

《개념 있는 수학자》(전2권), 이광연, 어바웃어북
      "아이가 수학 문제를 들고 올 때 요긴하다.
        잊고 지냈던 수학 개념이 다시 살아난다."

《다시 쓰는 수학의 역사》, 케이트 기타가와·티모시 레빌, 서해문집
      "지금까지 알던 수학의 역사는 반쪽 짜리였다."

《식물에 관한 오해》, 이소영, 위즈덤하우스
      "식물의 진면목을 알면 더 아름답게 보인다."

《식물을 위한 변론》, 맷 칸데이아스, 타인의사유
      "정적이고 평온해 보이는 식물도 실은 공격적이고 때론 난폭하다."

《식물이라는 세계》, 송은영, RHK
      "독특한 세밀화와 함께 식물을 알아가는 즐거움."

《신의 입자》, 리언 레더먼·딕 테레시, 휴머니스트
      "더 이상 쪼갤 수 없는 최소 단위는 무엇일까를 추적하는 과학자들의 활약."

《우리 몸을 만드는 원자의 역사》, 댄 레빗, 까치
      "우리 몸과 우주를 횡단하며 다채로운 이야기를 풀어내는 책."

《바다의 천재들》, 빌 프랑수아, 해나무
      "바닷속 생명들의 놀라운 능력들 앞에서 인간은 겸손해질 수밖에."

《지노 사이다 수학 시크릿 워크북 세트》, 김용관, 지노
      "졸업해도, 가끔은 다시 수학 문제 풀고 싶을 때가 있다."

《카를로 로벨리 베스트 세트》, 카를로 로벨리, 쌤앤파커스
      "수식과 전문 용어가 거의 등장하지 않는 문학적인 물리학 이야기."

《천마산에 꽃이 있다》, 조영학, 글항아리
      "어느 순간 야생화 감상에 취미를 들인다면,
        이 책 한 권으로 흔한 야생화는 다 익힐 수 있다."

책 고르는 책

초판 1쇄 발행 2025년 1월 15일

지은이	손민규
펴낸이	박영미
펴낸곳	포르체

책임편집	유나
마케팅	정은주 민재영
디자인	황규성

출판신고	2020년 7월 20일 제2020-000103호
전화	02-6083-0128
팩스	02-6008-0126
이메일	porchetogo@gmail.com
인스타그램	porche_book

ⓒ 손민규(저작권자와 맺은 특약에 따라 검인을 생략합니다.)
ISBN 979-11-93584-80-4 (03800)

여러분의 소중한 원고를 보내주세요.
porchetogo@gmail.com